优秀传统文化进课堂
诗 词 篇

梁衍海 著

吉林出版集团股份有限公司 | 全国百佳图书出版单位

图书在版编目（CIP）数据

优秀传统文化进课堂：诗词篇 / 梁衍海著 . -- 长春：吉林出版集团股份有限公司 , 2020.11

　ISBN 978-7-5581-9409-2

　Ⅰ.①优… Ⅱ.①梁… Ⅲ.①古典诗歌—诗歌欣赏—中国—高等职业教育—教学参考资料 Ⅳ.① I207.2

中国版本图书馆 CIP 数据核字 (2020) 第 245587 号

优秀传统文化进课堂：诗词篇
YOUXIU CHUANTONG WENHUA JIN KETANG SHICI PIAN

作　　者：梁衍海 著
责任编辑：何　武　杨　帆
开　　本：787mm×1092 mm 1/16
字　　数：205 千字
印　　张：8
版　　次：2022 年 6 月第 1 版
印　　次：2022 年 6 月第 1 次印刷
出　　版：吉林出版集团股份有限公司
发　　行：吉林音像出版社有限责任公司
　　　　　吉林北方卡通漫画有限责任公司
地　　址：长春市南关区福祉大路5788号
邮　　编：130062
电　　话：0431-81629660
发 行 科：0431-81629667
印　　刷：三河市嵩川印刷有限公司

ISBN 978-7-5581-9409-2　　定价：33.80 元

前　言

　　传统文化是中华民族的根，也是中华文明的魂。习近平总书记指出："中华文化源远流长，积淀着中华民族最深层的精神追求，代表着中华民族独特的精神标识，为中华民族生生不息、发展壮大提供了丰厚滋养。"

　　中国古典诗词是中国传统文化的明珠和瑰宝，她缘情而发，或咏物、或写景、或言志、或抒怀，她韵味、意味皆备，凝聚着中华民族独特的情感，体现了中华民族的精神品格。譬如："老骥伏枥，志在千里"表达了"生命不息、奋斗不止"的信念；"山重水复疑无路，柳暗花明又一村"阐析出困境中总有转机的道理；"野火烧不尽，春风吹又生"赞颂了生命的顽强；"欲穷千里目，更上一层楼"开阔了人们的视野……诗歌最可宝贵的价值和意义，就在于它是诗化了的哲学。诗歌还可以让读者找到与诗人情感的共鸣。泛舟于诗歌的海洋，将使人们的心灵变得纯净、明澈，将使人们的精神告别贫乏与荒芜。我们青年学生通过诗词的诵读与鉴赏，久而久之将会受到熏陶和感染，提高审美情趣，从而达到有情怀、有格调、有气质、有内涵。

　　一段时间以来，外国文化、网络文化等所谓的"流行文化"对青少年的影响越来越大，不少青少年不仅在文化素养方面出现严重的"营养不良"，还不同程度地表现出浮躁、自私、好逸恶劳等不良倾向。在实现中华民族伟大复兴梦的关键时刻，现在的年轻人，正是未来这一伟大变革的主力军和生力军。如果这些人缺乏责任，没有担当，我们实现复兴梦、强国梦的伟大理想如何在这一代人身上实现？所以现在开展优秀传统文化进课堂活动，就是为了培养青少年高尚的道德情操。我们希望通过传统文化的熏陶，让青少年在潜移默化中受到良好教育，并最终成为道德高尚、学识渊博的人。只有这样，高素质的人越来越多，我们中华民族伟大的复兴梦才有希望实现。

由于时间仓促，编者水平有限，书中难免有疏漏和不足之处，恳请广大读者提出宝贵意见，以便进一步完善。

编 者

2020 年 9 月

目 录

1　国风·周南·关雎

关关雎鸠⁽¹⁾，在河之洲⁽²⁾。窈窕淑女⁽³⁾，君子好逑⁽⁴⁾。

参差荇菜⁽⁵⁾，左右流之⁽⁶⁾。窈窕淑女，寤寐求之⁽⁷⁾。

求之不得，寤寐思服⁽⁸⁾。悠哉悠哉⁽⁹⁾，辗转反侧⁽¹⁰⁾。

参差荇菜，左右采之。窈窕淑女，琴瑟友之⁽¹¹⁾。

参差荇菜，左右芼之⁽¹²⁾。窈窕淑女，钟鼓乐之⁽¹³⁾。

【作者简介】

具体作者不详，传说为尹吉甫采集、孔子编订。

【注释】

（1）关关：象声词，雌雄二鸟相互应和的叫声。雎鸠（jū jiū）：一种水鸟名，即王雎。

（2）洲：水中的陆地。

（3）窈窕（yǎo tiǎo）淑女：贤良美好的女子。窈窕：身材体态美好的样子。窈：深邃，喻女子心灵美；窕：幽美，喻女子仪表美。淑：好，善良。

（4）好逑（hǎo qiú）：好的配偶。逑："仇"的假借字，匹配。

（5）参差：长短不齐的样子。荇（xìng）菜：水草类植物，圆叶细茎，根生水底，叶浮在水面，可供食用。

（6）左右流之：时而向左、时而向右地择取荇菜。这里是以勉力求取荇菜，隐喻"君子"努力追求"淑女"。流：义同"求"，这里指摘取。之：指荇菜。

（7）寤寐（wù mèi）：醒和睡，指日夜。寤：醒觉。寐：入睡。又，马瑞辰《毛诗传笺注通释》说："寤寐，犹梦寐。"也可通。

（8）思服：思念。服：想。《毛传》："服，思之也。"

（9）悠哉（yōu zāi）悠哉：意为"悠悠"，就是长。这句是说思念绵绵不断。悠：感思。见《尔雅·释诂》郭璞注。哉：语气助词。悠哉悠哉，犹言"想念呀，想念呀"。

（10）辗转反侧：翻覆不能入眠。辗，古字作展。展转，即反侧。反侧：犹翻覆。

（11）琴瑟友之：弹琴鼓瑟来亲近她。琴、瑟：皆弦乐器。琴五或七弦，瑟二十五或五十弦。友：用作动词，此处有亲近之意。这句说，用琴瑟来亲近"淑女"。

（12）芼（mào）：择取，挑选。

（13）钟鼓乐之：用钟奏乐来使她快乐。乐：使动用法，使……快乐。

【简析】

《诗经》是我国最早的一部诗歌总集，收录了从西周初年至春秋中叶约五百年间的诗歌三百零五首，先秦时称为《诗》，西汉时被尊为儒家经典，始称《诗经》，并沿用至今。《诗经》是我国现实主义诗歌创作的源头，共有风、雅、颂三个部分，其中的"风"是指各地方的民间歌谣，"雅"即朝廷之乐，是贵族的宫廷正乐，"颂"是周天子和诸侯用以祭祀宗庙的舞乐。《诗经》的主要表现手法是赋、比、兴。其中直陈其事叫赋；譬喻叫比；先言它物以引起所咏之物叫兴。《诗经》表现手法上的赋、比、兴与内容上的风、雅、颂合称"六义"。《诗经》多以四言为主，兼有杂言。

《国风·周南·关雎》是《诗经》中的第一首诗，通常认为是一首描写男女恋爱的情歌。此诗在艺术上巧妙地采用了"兴"的表现手法。首章以雎鸠相向合鸣，相依相恋，兴起淑女陪君子的联想。以下各章，又以采荇菜这一行为兴起主人公对女子疯狂地相思与追求。全诗语言优美，善于运用双声、叠韵和重叠词，增强了诗歌的音韵美和写人状物、拟声传情的生动性。

2 国风·秦风·蒹葭

蒹葭苍苍⁽¹⁾，白露为霜⁽²⁾。所谓伊人⁽³⁾，在水一方⁽⁴⁾。

溯洄从之⁽⁵⁾，道阻且长⁽⁶⁾。溯游从之⁽⁷⁾，宛在水中央⁽⁸⁾。

蒹葭萋萋⁽⁹⁾，白露未晞⁽¹⁰⁾。所谓伊人，在水之湄⁽¹¹⁾。

溯洄从之，道阻且跻⁽¹²⁾。溯游从之，宛在水中坻⁽¹³⁾。

蒹葭采采⁽¹⁴⁾，白露未已⁽¹⁵⁾。所谓伊人，在水之涘⁽¹⁶⁾。

溯洄从之，道阻且右⁽¹⁷⁾。溯游从之，宛在水中沚⁽¹⁸⁾。

【注释】

（1）蒹（jiān）：没长穗的芦苇。葭（jiā）：初生的芦苇。苍苍：茂盛的样子。

（2）为：凝结成。

（3）所谓：所说的，此指所怀念的。伊人：那个人，指所思慕的对象。

（4）一方：那一边。

（5）溯（sù）：逆流而上。洄：水流迂回之处。溯洄：逆着弯曲的河道寻找。

（6）道阻且长：说明是在陆地上行走。阻：险阻，(道路)难走。

（7）溯游：逆着水寻找。从：追寻。

（8）宛：宛然，好像。

（9）萋萋：茂盛的样子。

（10）晞（xī）：干，晒干。

（11）湄：水和草交接的地方，也就是岸边。

（12）跻（jī）：升，高起，指道路越走越高。

（13）坻（chí）：水中的沙滩。

（14）采采：繁盛的样子。

（15）已：止。

（16）涘（sì）：水边。

（17）右：迂回曲折。

（18）沚（zhǐ）：水中的沙滩。

【简析】

《国风·秦风·蒹葭》是中国古代现实主义诗集《诗经》中的一篇。全诗三章，每章八句。此诗曾被认为是用来讥刺秦襄公不能用周礼来巩固他的国家，也曾被认为惋惜招引隐居的贤士而不可得；现在一般认为这是一首情歌，写追求所爱而不及的惆怅与苦闷。全诗三章，重章叠唱，后两章只是对首章文字略加改动而成，形成各章内部韵律协和而各章之间韵律参差的效果，也造成了语义的往复推进。

3 国风·邶风⁽¹⁾·凯风⁽²⁾

凯风自南，吹彼棘心⁽³⁾。棘心夭夭⁽⁴⁾，母氏劬劳⁽⁵⁾。

凯风自南，吹彼棘薪⁽⁶⁾。母氏圣善⁽⁷⁾，我无令人⁽⁸⁾。

爰有寒泉⁽⁹⁾？在浚之下⁽¹⁰⁾。有子七人，母氏劳苦。

睍睆黄鸟⁽¹¹⁾，载好其音⁽¹²⁾。有子七人，莫慰母心。

【注释】

（1）邶（bèi）：中国周代诸侯国名，地在今河南省汤阴县东南。

（2）凯风：和风。一说南风，夏天的风。这里喻母爱。马瑞辰《毛诗传笺通释》"凯之义本为大，故《广雅》云：'凯，大也。'秋为敛而主愁，夏为大而主乐，大与乐义正相因。"

（3）棘心：酸枣树初发的嫩芽。这里喻子女。棘：落叶灌木，即酸枣，枝上多刺，开黄绿色小花，实小，味酸。心：指纤小尖刺。

（4）夭夭：树木嫩壮貌。

（5）劬（qú）劳：操劳。劬：辛苦。

（6）棘薪：长到可以当柴烧的酸枣树。这里比喻子女已长大。

（7）圣善：明理而有美德。

（8）令：善，好。

（9）爰（yuán）：何处，一说发语词，无义。寒泉：卫地水名，冬夏常冷。

（10）浚（xùn）：卫国地名。

（11）睍（xiàn）睆（huǎn）：鸟儿宛转的鸣叫声。一说美丽，好看。黄鸟：黄雀。

（12）载：传载，载送。

【简析】

《国风·邶风·凯风》是中国古代第一部诗歌总集《诗经》中的一首诗。现代学者一般认为这是儿子歌颂母亲并深感自责的诗。全诗四章，每章四句。各章前二句，凯风、棘树、寒泉、黄鸟等构成有声有色的夏日景色图；后二句反覆叠唱的是孝子对母亲的深情。设喻贴切，用字工稳。

4 长歌行(1)

汉乐府

青青园中葵(2)，朝露待日晞(3)。

阳春布德泽(4)，万物生光辉。

常恐秋节至，焜黄华叶衰(5)。

百川东到海(6)，何时复西归？

少壮不努力，老大徒伤悲(7)。

【作者简介】

《乐府诗集》是宋代郭茂倩编的一部乐府诗总集，全书一百卷，分十二类。上起汉魏，下迄（qì）五代，兼有秦以前歌谣十余首。

【注释】

（1）长歌行：汉乐府曲调名。

（2）葵："葵"作为蔬菜名，指我国古代重要蔬菜之一。

（3）朝露：清晨的露水。晞：天亮，引申为阳光照耀。

（4）阳春：温暖的春天。布：布施，给予。德泽：恩惠。

（5）焜黄：草木凋落枯黄的样子。华：同"花"。衰：读"cuī"，古时候没有"shuāi"这个音。

（6）百川：大河流。少：年轻。老：老年。

（7）徒：白白地。

【简析】

《长歌行》是一首汉族古典诗歌，属于汉乐府诗，是劝诫世人惜时奋进的名篇。此诗从整体构思看，主要意思是说时节变换得很快，光阴一去不返，因而劝人要珍惜青年时代，发奋努力，使自己有所作为。全诗以景寄情，由情入理，将"少壮不努力，老大徒伤悲"的人生哲理，寄寓于朝露易干、秋来叶落、百川东去等鲜明形象中，借助朝露易晞、花叶秋落、流水东去不归来，发出了时光易逝、生命短暂的感叹，鼓励人们奋发努力，趁少壮年华有所作为。其情感基调是积极向上的。其主旨体现在结尾两句，但诗人的思想又不是简单地表述出来，而是从现实世界中撷取出富有美感的具体形象，寓教于审美之中。

5 步出夏门行·观沧海

曹操

东临碣石⁽¹⁾，以观沧海⁽²⁾。

水何澹澹⁽³⁾，山岛竦峙⁽⁴⁾。

树木丛生，百草丰茂。

秋风萧瑟⁽⁵⁾，洪波涌起。

日月之行，若出其中⁽⁶⁾；

星汉灿烂⁽⁷⁾，若出其里。

幸甚至哉⁽⁸⁾，歌以咏志⁽⁹⁾。

【作者简介】

曹操（155—220），字孟德，沛国谯县（今安徽亳州）人。东汉末年杰出的政治家、军事家、文学家、书法家，三国中曹魏政权的奠基人。

【注释】

（1）临：登上，有游览的意思。碣（jié）石：山名。碣石山，河北昌黎碣石山。公元 207 年秋天，曹操征乌桓得胜回师时经过此地。

（2）沧：通"苍"，青绿色。海：渤海。

（3）何：多么。澹澹（dàn dàn）：水波摇动的样子。

（4）竦峙（sǒng zhì）：耸立。竦：通"耸"，高。

（5）萧瑟：树木被秋风吹的声音。

（6）若：如同，好像是。

（7）星汉：银河，天河。

（8）幸：庆幸。甚：极点。至：非常。幸甚至哉：真是庆幸。

（9）歌以咏志：以歌表达心志或理想。咏志：即表达心志。咏：歌吟。志：理想。

【简析】

《观沧海》选自《乐府诗集》，《观沧海》是后人加的，原文是《步出夏门行》中的第一章。建安十二年（公元207年）曹操北征乌桓得胜回师途中，行军到海边，途经碣石山，登山观海，一时兴起所作。这首四言诗是诗人曹操在碣石山登山望海时，用饱蘸浪漫主义激情的大笔，所勾勒出的大海吞吐日月、包蕴万千的壮丽景象；描绘了祖国河山的雄伟壮丽，既刻画了高山大海的壮阔，更表达了诗人以景托志，胸怀天下的进取精神。

6 归园田居 其三

晋　陶渊明

种豆南山下⁽¹⁾，草盛豆苗稀。

晨兴理荒秽⁽²⁾，带月荷锄归⁽³⁾。

道狭草木长，夕露沾我衣⁽⁴⁾。

衣沾不足惜，但使愿无违⁽⁵⁾。

【作者简介】

　　陶渊明（约 365 年—427 年），名潜，字元亮，号五柳先生，东晋末期诗人、文学家、辞赋家、散文家。东晋浔阳柴桑人（今江西九江）。曾做过几年小官，后辞官回家，从此隐居。田园生活是陶诗的主要题材，其作品有《饮酒》《归园田居》《桃花源记》、《五柳先生传》、《归去来兮辞》等。

【注释】

（1）南山：指庐山。

（2）兴：起床。荒秽：形容词作名词，指豆苗里的杂草。秽：肮脏，这里指田中杂草。

（3）荷锄：扛着锄头。荷：扛着。

（4）沾：（露水）打湿。

（5）但使愿无违：只要不违背自己的意愿就行了。但：只。愿：

指向往田园生活。

【简析】

　　诗篇生动地描写了诗人归隐后的生活和感受，抒发了作者辞官归隐后的愉快心情和乡居乐趣，从而表现了他对田园生活的热爱和劳动的喜悦。同时又隐含了对官场黑暗腐败的厌恶之感。作者所写的归园田居是自己理想化的居所。

7 敕勒歌⁽¹⁾

北朝民歌

敕勒川⁽²⁾，阴山下⁽³⁾。

天似穹庐⁽⁴⁾，笼盖四野⁽⁵⁾。

天苍苍，野茫茫，

风吹草低见牛羊⁽⁶⁾。

【作者简介】

这首民歌《敕勒歌》最早见录于宋郭茂倩编《乐府诗集》的第八十六卷《杂歌谣辞》。一般认为是敕勒人创作的民歌。它产生的时期为 5 世纪中后期。

【注释】

（1）敕勒歌：敕勒（chì lè）：种族名，北齐时居住在朔州（今山西省北部）一带。

（2）敕勒川：敕勒族居住的地方，在现在的山西、内蒙一带。北魏时期把今河套平原至土默川一带称为敕勒川。川：平川、平原。

（3）阴山：在今内蒙古自治区北部。

（4）穹庐（qióng lú）：用毡布搭成的帐篷，即蒙古包。

（5）笼盖四野（yǎ）：笼盖。

（6）见（xiàn）：同"现"，显露。

【简析】

《敕勒歌》选自《乐府诗集》，是南北朝时期黄河以北的北朝流传的一首民歌，一般认为是由鲜卑语译成汉语的。民歌歌咏了北国草原壮丽富饶的风光，抒写了敕勒人热爱家乡热爱生活的豪情。开头两句交代敕勒川位于高耸云霄的阴山脚下，将草原的背景衬托得十分雄伟。接着两句用"穹庐"作比喻，说天空如蒙古包，盖住了草原的四面八方，以此来形容天野相接，无比壮阔的景象。最后三句描绘了一幅水草丰盛、牛羊肥壮的草原全景图。有静有动，有形象，有色彩。

全诗风格明朗豪爽，境界开阔，音调雄壮，语言明白如话，艺术概括力极强，一直受到历代文学评论家的好评。

8 春江花月夜

唐 张若虚

春江潮水连海平，海上明月共潮生。

滟滟随波千万里[1]，何处春江无月明！

江流宛转绕芳甸[2]，月照花林皆似霰[3]。

空里流霜不觉飞[4]，汀上白沙看不见[5]。

江天一色无纤尘[6]，皎皎空中孤月轮。

江畔何人初见月，江月何年初照人？

人生代代无穷已[7]，江月年年望相似。

不知江月待何人，但见长江送流水。

白云一片去悠悠[8]，青枫浦上不胜愁[9]。

谁家今夜扁舟子[10]，何处相思明月楼[11]？

可怜楼上月徘徊[12]，应照离人妆镜台[13]。

玉户帘中卷不去[14]，捣衣砧上拂还来[15]。

此时相望不相闻[16]，愿逐月华流照君。

鸿雁长飞光不度，鱼龙潜跃水成文[17]。

昨夜闲潭梦落花[18]，可怜春半不还家。

江水流春去欲尽，江潭落月复西斜[19]。

斜月沉沉藏海雾[20]，碣石潇湘无限路[21]。

不知乘月几人归[22]，落月摇情满江树[23]。

【作者简介】

张若虚（647—730），字、号均不详，主要活动在公元七世纪中期至公元八世纪前期，初唐（660-720）诗人，扬州（今属江苏扬州）人。曾任兖州兵曹。与贺知章、张旭、包融并称"吴中四士"，文词俊秀。存诗仅2首，尤以《春江花月夜》著名，奠定了他在唐诗史上的地位。

【注释】

（1）滟（yàn）滟：波光荡漾的样子。

（2）芳甸（diàn）：芳草丰茂的原野。甸：郊外之地。

（3）霰（xiàn）：天空中降落的白色不透明的小冰粒。形容月光下春花晶莹洁白。

（4）流霜：飞霜，古人以为霜和雪一样，是从空中落下来的，所以叫流霜。

（5）汀（tīng）：水边的沙滩。

（6）纤尘：微细的灰尘。

（7）穷已：穷尽。

（8）悠悠：渺茫，深远。

（9）青枫浦：地名，今湖南浏阳县境内有青枫浦，这里指遥远的水边。浦：水边。

（10）扁舟子：飘荡江湖的游子。扁舟：小舟，孤舟。

（11）明月楼：月夜下的闺楼，这里指闺中思妇。

（12）月徘徊：指月光移动。

（13）离人：此处指思妇。

（14）玉户：形容楼阁华丽，以玉石镶嵌。

（15）捣衣砧（zhēn）：捣衣石、捶布石。

（16）相闻：互通音信。

（17）文：同"纹"。

（18）闲潭：幽静的水潭。

（19）江潭落月复西斜：此中"潭"读 xún，水边的深处。"斜"应读作 xiá。

（20）斜月：此处的"斜"应读 xié。

（21）潇湘，碣（jié）石：潇湘：湘江和潇水，均在湖南。碣石：山名，今河北省昌黎县北。无限路：极言离人相距之远。

（22）乘月：趁着月光。

（23）摇情：激荡情思，犹言牵情。

【简析】

此诗为中国唐代诗人张若虚所著，共三十六句，每四句一换韵，以富有生活气息的清丽之笔，创造性地描绘江南春夜的景色，词句优美，如同月光照耀下的万里长江画卷，同时寄寓着游子思归的离别相思之苦。全诗紧扣春、江、花、月、夜的背景来写，而又以月为主体。"月"是诗中情景兼融之物，它跳动着诗人的脉搏，在全诗中犹如一条生命纽带，通贯上下，诗情随着月轮的升落而起伏曲折，展现出一幅充满人生哲理与生活情趣的画卷。诗篇意境空明，缠绵悱恻，洗净了六朝宫体的浓脂腻粉，词清语丽，韵调优美，脍炙人口，乃千古绝唱。素有"孤篇盖全唐"之誉。闻一多称之为："这是诗中的诗，顶峰上的顶峰。"

9 送杜少府之任蜀州

唐 王勃

城阙辅三秦⁽¹⁾，风烟望五津⁽²⁾。

与君离别意⁽³⁾，同是宦游人⁽⁴⁾。

海内存知己⁽⁵⁾，天涯若比邻⁽⁶⁾。

无为在歧路⁽⁷⁾，儿女共沾巾⁽⁸⁾。

【作者简介】

　　王勃（650—676），字子安，唐代诗人。古绛州龙门（今山西河津）人，出身儒学世家，与杨炯、卢照邻、骆宾王并称为"初唐四杰"，王勃为四杰之首。王勃自幼聪敏好学，在诗歌体裁上擅长五律和五绝，代表作品有《送杜少府之任蜀州》；主要文学成就是骈文，代表作品有《滕王阁序》等。

【注释】

　　（1）城阙（què）辅三秦：城阙：即城楼，指唐代京师长安城。辅：护卫。三秦：指长安城附近的关中之地，即现在的陕西省潼关以西一带。秦朝末年，项羽破秦，把关中分为三区，分别封给三个秦国的降将，所以称三秦。这句是倒装句，意思是京师长安以三秦作保护。

　　（2）风烟望五津："风烟"两字是名词用作状语，表示行为的处所，译为：江边因远望而显得迷茫如烟。五津：指岷江的五个渡口白华津、万里津、江首津、涉头津、江南津，这里泛指蜀川。

（3）君：对人的尊称，这里指"你"。

（4）宦（huàn）游：出外做官。

（5）海内：四海之内，即全国各地。古代人认为我国疆土四周环海，所以称天下为四海之内。

（6）天涯：天边，这里比喻极远的地方。比邻：并邻，近邻

（7）无为：无须、不必。

（8）歧路：岔路。古人送行常在大路分岔处告别。

（9）沾巾：泪水沾湿衣服和腰带。意思是挥泪告别。

【简析】

这是一首赠别友人的诗，此诗意在慰勉友人勿在离别之时悲哀。首联描画出友人出发地的形势和面貌，隐含送别的情意，严整对仗；颔联为宽慰之辞，点明离别的必然性，以散调相承，以实转虚，文情跌宕；颈联奇峰突起，高度概括了"友情深厚，江山难阻"的情景，使友情升华到一种更高的美学境界；尾联点出"送"的主题，而且继续劝勉、叮咛朋友，也是自己情怀的吐露。此诗开合顿挫，气脉流通，意境旷达，堪称送别诗中的经典，全诗仅仅四十个字，却纵横捭阖，变化无穷，仿佛在一张小小的画幅上，包含着无数的丘壑，有看不尽的风光，至今广为流传。

10 咏 柳[1]

唐 贺知章

碧玉妆成一树高[2]，万条垂下绿丝绦[3]。
不知细叶谁裁出[4]，二月春风似剪刀。

【作者简介】

贺知章（659—744），字季真，晚年自号四明狂客，少时就以诗文知名。盛唐前期诗人，又是著名书法家。

【注释】

（1）柳：柳树，落叶乔木或灌木，叶子狭长，种类很多。此诗描写的是垂柳。

（2）碧玉：碧绿色的玉。这里把春天嫩绿的柳叶的颜色比喻成碧绿色的玉。妆成：装饰，打扮。一树：满树。一：满，全。在古诗文中，数量词在使用中不确指。下一句的"万"，就是表示很多的意思。

（3）绦（tāo）：用丝编成的绳带。丝绦：形容像丝带般的柳条。

（4）裁：裁剪，用刀或剪子把物体分成若干部分。

【简析】

《咏柳》是盛唐诗人贺知章写的七言绝句，这首咏物诗写的是早春二月的杨柳。诗的前两句连用两个新美的喻象，描绘春柳的勃勃生机,葱翠袅娜；后两句更别出心裁地把春风比喻为"剪刀"，将视之无形不可捉摸的"春风"形象地表现出来，不仅立意新奇，而且饱含韵味。

11　登鹳雀楼⁽¹⁾

唐　王之涣

白日依山尽⁽²⁾，黄河入海流。
欲穷千里目⁽³⁾，更上一层楼。

【作者简介】

王之涣（688—742），是盛唐时期的著名诗人，字季凌，绛州（今山西新绛县）人。豪放不羁，常击剑悲歌，其诗多被当时乐工制曲歌唱，名动一时。他常与高适、王昌龄等相唱和，以善于描写边塞风光著称。其代表作有《登鹳雀楼》、《凉州词》等。

【注释】

（1）鹳雀楼：旧址在山西永济县，楼高三层，前对中条山，下临黄河。传说常有鹳雀在此停留，故有此名。

（2）白日依山尽：太阳依傍山峦沉落。依：依傍。尽：消失。

（3）欲：想要得到某种东西或达到某种目的的愿望，但也有希望、想要的意思。穷：尽，使达到极点。千里目：眼界宽阔。

【简析】

该诗是一首五言绝句。前两句写自然景色，但开笔就有缩万里于咫尺，使咫尺有万里之势；后两句写意，写的出人意料，把哲理与景物、情势溶化得天衣无缝，成为鹳雀楼上一首不朽的绝唱，该诗气势磅礴、意境深远，千百年来一直激励着中华民族昂扬向上。特别是后二句，常常被引用，借以表达积极探索和无限进取的人生态度。

12　过故人庄⁽¹⁾

唐　孟浩然

故人具鸡黍⁽²⁾，邀我至田家⁽³⁾。

绿树村边合⁽⁴⁾，青山郭外斜⁽⁵⁾。

开轩面场圃⁽⁶⁾，把酒话桑麻⁽⁷⁾。

待到重阳日⁽⁸⁾，还来就菊花⁽⁹⁾。

【作者简介】

孟浩然（689—740），本名浩，字浩然，号孟山人。襄州襄阳（今湖北襄樊）人，世称孟襄阳。是唐代著名的田园隐逸派和山水行旅派诗人，与王维并称为"王孟"。诗风清淡自然，以五言古诗见长。

【注释】

（1）过：拜访。故人庄：老朋友的田庄。庄：田庄。

（2）具：准备，置办。鸡黍：指农家待客的丰盛饭食（字面指鸡和黄米饭）。黍（shǔ）：黄米，古代认为是上等的粮食。

（3）邀：邀请。至：到。

（4）合：环绕。

（5）郭：古代城墙有内外两重，内为城，外为郭。这里指村庄的外墙。斜（xiá）：倾斜，因古诗需与上一句押韵，所以应读xiá。

（6）开：打开，开启。轩：窗户。面：面对。场：打谷场、稻场。圃：菜园。

（7）把酒：端着酒具，指饮酒。把：拿起，端起。话桑麻：闲谈农事。桑麻：桑树和麻，这里泛指庄稼。

（8）重阳日：指夏历的九月初九。古人在这一天有登高、饮菊花酒的习俗。

（9）还（huán）：返，来。就菊花：指饮菊花酒，也是赏菊的意思。就：靠近，指去做某事。

【简析】

《过故人庄》是唐代诗人孟浩然创作的一首五律，写的是诗人应邀到一位农村老朋友家做客的经过。在淳朴自然的田园风光之中，主客举杯饮酒，闲谈家常，充满了乐趣，抒发了诗人和朋友之间真挚的友情。这首诗初看似乎平淡如水，细细品味就像是一幅画着田园风光的中国画，将景、事、情完美地结合在一起，具有强烈的艺术感染力。

13 从军行⁽¹⁾

唐　王昌龄

青海长云暗雪山⁽²⁾，孤城遥望玉门关⁽³⁾。
黄沙百战穿金甲⁽⁴⁾，不破楼兰终不还⁽⁵⁾。

【作者简介】

王昌龄（698— 757），字少伯，河东晋阳（今山西太原）人，又一说京兆长安人（今西安）人。盛唐著名边塞诗人，后人誉为"七绝圣手"。其诗以七绝见长，尤以登第之前赴西北边塞所作边塞诗最为著名，有"诗家夫子王江宁"之誉。王昌龄诗绪密而思清，与高适、王之涣齐名，时谓王江宁。

【注释】

（1）从军行：乐府旧题，内容多写军队战争之事。是叙述军旅战争的歌辞。行：古诗中的一种体裁。

（2）青海：指青海湖。雪山：这里指甘肃省的祁连山。

（3）孤城：当时青海地区的一座城。一说孤城即玉门关。玉门关：汉武帝置，因西域输入玉石取道于此而得名。故址在今甘肃敦煌西北小方盘城。

（4）穿：磨破。金甲：战衣，金属制的铠甲。

（5）楼兰：汉代西域国名，这里泛指当时骚扰西北边疆的敌人。

【简析】

　　诗中描绘了边塞将士在漫长而严酷的战斗生活中誓死杀敌"不破楼兰终不还"的坚强意志和决心。诗的前两句作者以高度的概括描绘了绵延千里阴云惨淡的战斗环境，借以渲染战争气氛。后两句集中概括了戍边将士长期参与的酷烈战争生活以及决心破敌的豪情。壮阔的塞外景色与将士宏伟的抱负融合在一起，气魄雄阔，风格浑豪。

14 出 塞

唐 王昌龄

秦时明月汉时关，万里长征人未还。
但使龙城飞将在⁽¹⁾，不教胡马度阴山⁽²⁾。

【作者简介】
同上。

【注释】
（1）龙城飞将：指汉武帝时的镇关大将李广。
（2）胡马：指敌人的军队。度：越过。阴山：内蒙古自治区中部的山脉。

【简析】
《出塞》是边塞诗的著名题目。以描写边疆的军旅生活与军事行动为主。诗人以雄劲的笔触，对当时的边塞战争生活作了高度的艺术概括，把写景、叙事、抒情与议论紧密结合，在诗里熔铸了丰富复杂的思想感情，使诗的意境雄浑深远，既激动人心，又耐人寻味。

15　送元二使安西⁽¹⁾

唐　王维

渭城朝雨浥轻尘⁽²⁾，客舍青青柳色新⁽³⁾。
劝君更尽一杯酒⁽⁴⁾，西出阳关无故人⁽⁵⁾。

【作者简介】

王维（701 — 761），唐朝河东蒲州（今山西运城）人，字摩诘，号摩诘居士，祖籍山西祁县，唐朝著名诗人、画家。王维精通佛学，受禅宗影响很大。他精通诗、书、画、音乐等，以诗名盛于开元、天宝间，尤长五言，多咏山水田园，与孟浩然合称"王孟"，有"诗佛"之称。书画特臻其妙，后人推其为南宗山水画之祖。苏轼评价其："味摩诘之诗，诗中有画；观摩诘之画，画中有诗。"

【注释】

（1）使：到某地出使。安西：指唐代为统辖西域地区而设的安西都护府的简称，在今新疆维吾尔自治区库车县附近。

（2）渭城：故址秦时咸阳城，汉代改称渭城，位于渭水北岸，唐时属京兆府咸阳县辖区，陕西咸阳县东。浥：（yì）：湿润。

（3）客舍：旅店。柳色：即指初春嫩柳的颜色。

（4）君：指元二。更尽：更，再。尽：完，再喝完。

（5）阳关：汉朝设置的边关名，故址在今甘肃省敦煌县西南，古代跟玉门关同是出塞必经的关口。《元和郡县志》云：因在玉门之南，故称阳关。故人：老朋友，旧友。

【简析】

《送元二使安西》是王维非常著名的一首送别诗，曾被谱曲传唱，称为"阳关三叠"。诗中把深沉的情感融入平淡的话语中，更增添了感人的力量，成为千古传诵的名句。这首诗所描写的是一种最有普遍性的离别。它没有特殊的背景，而自有深挚的惜别之情，后来编入乐府，成为最流行、传唱最久的歌曲。

16 山居秋暝⁽¹⁾

唐 王维

空山新雨后⁽²⁾，天气晚来秋。

明月松间照，清泉石上流⁽³⁾。

竹喧归浣女⁽⁴⁾，莲动下渔舟。

随意春芳歇⁽⁵⁾，王孙自可留⁽⁶⁾。

【作者简介】

同上。

【注释】

（1）暝（míng）：日落，天色将晚。

（2）空山：空旷，空寂的山野。新：刚刚。

（3）清泉石上流：写的正是雨后的景色。

（4）竹喧：竹林中笑语喧哗。喧：喧哗，这里指竹叶发出沙沙声响。浣（huàn）女：洗衣服的姑娘。浣：洗涤衣物。

（5）随意：任凭。春芳：春天的花草。歇：消散，消失。

（6）王孙：原指贵族子弟，后来也泛指隐居的人。留：居。

【简析】

此诗描绘了秋雨初晴后傍晚时分山村的旖旎风光和山居村民

的淳朴风尚，表现了诗人寄情山水田园并对隐居生活怡然自得的满足心情，以自然美来表现人格美和社会美。全诗将空山雨后的秋凉，松间明月的光照，石上清泉的声音以及浣女归来竹林中的喧笑声，渔船穿过荷花的动态，和谐完美地融合在一起，给人一种丰富新鲜的感受。它像一幅清新秀丽的山水画，又像一支恬静优美的抒情乐曲，体现了王维"诗中有画"的创作特点。

17 望庐山瀑布

唐 李白

日照香炉生紫烟⁽¹⁾，遥看瀑布挂前川⁽²⁾。

飞流直下三千尺⁽³⁾，疑是银河落九天⁽⁴⁾。

【作者简介】

李白（701—762），字太白，号青莲居士，又号"谪仙人"。唐代伟大的浪漫主义诗人，被后人誉为"诗仙"。与杜甫并称为"李杜"，其人爽朗大方，爱饮酒作诗，喜交友。有《李太白集》传世，诗作中多为醉时所写，代表作有《望庐山瀑布》、《行路难》、《蜀道难》、《将进酒》、《越女词》、《早发白帝城》等。

【注释】

（1）香炉：指香炉峰。紫烟：指日光透过云雾，远望如紫色的烟云。孟浩然《彭蠡湖中望庐山》："香炉初上日，瀑布喷成虹"。"日照"二句：一作"庐山上与星斗连，日照香炉生紫烟"。

（2）遥看：从远处看。挂：悬挂。前川：一作"长川"。川：河流，这里指瀑布。

（3）直：笔直。三千尺：形容山高。这里是夸张的说法，不是实指。

（4）疑：怀疑。银河：古人指银河系构成的带状星群。九天：

一作"半天"。古人认为天有九重，九天是天的最高层，九重天，即天空最高处。此句极言瀑布落差之大。

【简析】

《望庐山瀑布》是唐代大诗人李白代表作之一，这首诗紧扣题目中的"望"字，以庐山的香炉峰入笔描写庐山瀑布之景，用"挂"字突出瀑布如珠帘垂空，以高度夸张的艺术手法，把瀑布勾画得传神入化，然后细致地描写瀑布的具体景象，将飞流直泻的瀑布描写得雄伟奇丽，气象万千，宛如一幅生动的山水画。其前两句描绘了庐山瀑布的奇伟景象，既有朦胧美，又有雄壮美；后两句用夸张的比喻和浪漫的想象，进一步描绘瀑布的形象和气势，可谓字字珠玑。

18　赠汪伦⁽¹⁾

唐　李白

李白乘舟将欲行，忽闻岸上踏歌声⁽²⁾。

桃花潭水深千尺⁽³⁾，不及汪伦送我情⁽⁴⁾。

【作者简介】

同上。

【注释】

（1）汪伦：李白的朋友。

（2）踏歌：唐代广为流行的民间歌舞形式，一边唱歌，一边用脚踏地打拍子，可以边走边唱。

（3）桃花潭：在今安徽泾县西南一百里。《一统志》谓其深不可测。深千尺：诗人用潭水深千尺比喻汪伦与他的友情，运用了夸张的手法。

（4）不及：不如。

【简析】

《赠汪伦》是唐代伟大诗人李白于泾县（今安徽皖南地区）游历时写给好友汪伦的一首赠别诗。诗中描绘李白乘舟欲行时，汪伦踏歌赶来送行的情景，十分朴素自然地表达出汪伦对李白那种朴实、真诚的情感。作者用比较的手法，把无形的情谊化为有形的千尺潭水，形象地表达了汪伦对李白那份真挚深厚的友情。全诗语言清新自然，想象丰富奇特，虽仅四句二十八字，却脍炙人口，是李白诗中流传最广的佳作之一。

19　黄鹤楼送孟浩然之广陵⁽¹⁾

唐　李白

故人西辞黄鹤楼⁽²⁾，烟花三月下扬州⁽³⁾。
孤帆远影碧空尽⁽⁴⁾，唯见长江天际流⁽⁵⁾。

【作者简介】

同上。

【注释】

（1）黄鹤楼：中国著名的名胜古迹，故址在今湖北武汉市武昌蛇山的黄鹄矶上。传说三国时期的费祎于此登仙乘黄鹤而去，故称黄鹤楼。原楼已毁，现存楼为1985年修葺。孟浩然：李白的朋友。之：往、到达。广陵：即扬州。

（2）故人：老朋友，这里指孟浩然。其年龄比李白大，在诗坛上享有盛名。李白对他很敬佩，彼此感情深厚，因此称之为"故人"。辞：辞别。

（3）烟花：形容柳絮如烟、鲜花似锦的春天景物，指艳丽的春景。下：顺流向下而行。

（4）碧空尽：消失在碧蓝的天际。尽：尽头，消失了。碧空：一作"碧山"。

（5）唯见：只看见。天际流：流向天边。天际：天边，天边的尽头。

【简析】

《黄鹤楼送孟浩然之广陵》是唐代伟大诗人李白的名篇之一。这是一首送别诗，寓离情于写景。诗作以绚丽斑驳的烟花春色和浩瀚无边的长江为背景，极尽渲染之能事，绘出了一幅意境开阔、情丝不绝、色彩明快、风流倜傥的诗人送别画。此诗虽为惜别之作，却写得飘逸灵动，情深而不滞，意永而不悲，辞美而不浮，韵远而不虚。

20　别董大⁽¹⁾

唐　高适

千里黄云白日曛⁽²⁾，北风吹雁雪纷纷。

莫愁前路无知己⁽³⁾，天下谁人不识君⁽⁴⁾。

【作者简介】

高适（704—765），字达夫、仲武，唐朝渤海郡（今河北景县）人，后迁居宋州宋城（今河南商丘睢阳）。唐代著名的边塞诗人，曾任刑部侍郎、散骑常侍、渤海县候，世称高常侍。高适与岑参并称"高岑"，有《高常侍集》等传世。其诗笔力雄健，气势奔放，洋溢着盛唐时期所特有的奋发进取、蓬勃向上的时代精神。开封禹王台五贤祠即专为高适、李白、杜甫、何景明、李梦阳而立。后人又把高适、岑参、王昌龄、王之涣合称"边塞四诗人"。

【注释】

（1）董大：指董廷兰，是当时有名的音乐家。在其兄弟中排名老大，故称"董大"。

（2）黄云：天上的乌云，在阳光下，乌云是暗黄色，所以叫黄云。曛：日光昏暗。

（3）知己：了解自己的人，好朋友。

（4）谁人：哪一个人。君：你，这里指董大。

【简析】

《别董大》是唐代诗人高适的作品。这是高适与董大久别重逢，经过短暂的聚会后又各奔他方的赠别之作。作品勾勒了送别时晦暗寒冷的愁人景色，表现了诗人当时处在困顿不达的境遇之中，但并没有因此沮丧、沉沦，既表露出诗人对友人远行的依依惜别之情，也展现出诗人豪迈豁达的胸襟。

21 劝 学

唐 颜真卿

三更灯火五更鸡[1]，正是男儿读书时。

黑发不知勤学早，白首方悔读书迟。

【作者简介】

颜真卿（709—784），字清臣，唐京兆万年（今陕西西安）人，中国唐代中期杰出的书法家，字体独具一格。他创立了"颜体"楷书，并与赵孟頫、柳公权、欧阳询并称"楷书四大家"。

【注释】

（1）更：古时夜间计算时间的单位，一夜分五更，也叫五鼓、五夜。每更为两小时。午夜11点到1点为三更。五更鸡：天快亮时，鸡啼叫。

【简析】

《劝学》是唐朝诗人颜真卿所写的一首古诗。劝勉青少年要珍惜少壮年华，勤奋学习，有所作为，否则，到老将一事无成，后悔已晚。这首诗可以使孩子初步理解人生短暂，从而提高学习的积极性和主动性。诗歌用黑发和白首对比，以短短的28个字便揭示了这个深刻的道理，达到了催人奋进的效果。

22 望 岳

唐 杜甫

岱宗夫如何⁽¹⁾？齐鲁青未了⁽²⁾。

造化钟神秀⁽³⁾，阴阳割昏晓⁽⁴⁾。

荡胸生层云⁽⁵⁾，决眦入归鸟⁽⁶⁾。

会当凌绝顶⁽⁷⁾，一览众山小。

【作者简介】

杜甫（712—770），唐代伟大的现实主义诗人，字子美，自号少陵野老。祖籍襄阳，河南巩县人。与李白合称"李杜"。杜甫在中国古典诗歌中的影响非常深远，被后人称为"诗圣"，诗被称为"诗史"。他心系苍生，胸怀国事，偶尔也有狂放不羁的一面。其思想核心是儒家思想，对中国文学和日本文学都产生了深远的影响。

【注释】

（1）岱宗：泰山亦名岱山或岱岳，五岳之首，在今山东省泰安市城北。古代以泰山为五岳之首，诸山所宗，故又称"岱宗"。历代帝王凡举行封禅大典，皆在此山，这里指对泰山的尊称。夫：读"fú"。句首发语词，无实在意义，语气词，强调疑问语气。如何：怎么样。

（2）齐、鲁：古代齐鲁两国以泰山为界，齐国在泰山北，鲁国在泰山南。原是春秋战国时代的两个国名，在今山东境内，后用齐鲁代指山东地区。青未了：指郁郁苍苍的山色无边无际，难以尽言。青：指苍翠、翠绿的美好山色。未了：不尽，不断。

（3）造化：大自然。钟：聚集。神秀：天地之灵气，神奇秀美。

（4）阴阳：阴指山的北面，阳指山的南面。这里指泰山的南北。割：分。夸张的说法。此句是说泰山很高，在同一时间，山南山北判若早晨和晚上。昏晓：黄昏和早晨。极言泰山之高，山南山北因之判若清晓与黄昏，明暗迥然不同。

（5）荡胸：心胸摇荡。

（6）决眦（zì）：眼角（几乎）要裂开。这是由于极力张大眼睛远望归鸟入山所致。决：裂开。眦：眼角。入：收入眼底，即看到。

（7）会当：终当，定要。凌：登上。凌绝顶：即登上最高峰。

【简析】

《望岳》是唐代诗人杜甫创作的五言古诗。这首诗通过描绘泰山雄伟磅礴的景象，热情赞美了泰山高大巍峨的气势和神奇秀丽的景色，流露出了对祖国山河的热爱之情，表达了诗人不怕困难、敢攀顶峰、俯视一切的雄心气概以及卓然独立、兼济天下的豪情壮志。

23　白雪歌送武判官归京⁽¹⁾

唐　岑参

北风卷地白草折⁽²⁾，胡天八月即飞雪⁽³⁾。

忽如一夜春风来，千树万树梨花开。

散入珠帘湿罗幕⁽⁴⁾，狐裘不暖锦衾薄⁽⁵⁾。

将军角弓不得控⁽⁶⁾，都护铁衣冷难着⁽⁷⁾。

瀚海阑干百丈冰⁽⁸⁾，愁云惨淡万里凝⁽⁹⁾。

中军置酒饮归客⁽¹⁰⁾，胡琴琵琶与羌笛。

纷纷暮雪下辕门，风掣红旗冻不翻⁽¹¹⁾。

轮台东门送君去⁽¹²⁾，去时雪满天山路。

山回路转不见君（¹³），雪上空留马行处。

【作者简介】

岑参（约715-770），唐代边塞诗人，南阳人，岑参早岁孤贫，从兄就读，遍览史籍。天宝三载（744年）进士。初为率府兵曹参军。后两次从军边塞，大历五年（770年）卒于成都。岑参工诗，长于七言歌行，代表作是《白雪歌送武判官归京》。现存诗三百六十首。对边塞风光，军旅生活，以及少数民族的文化风俗有亲切的感受，故其边塞诗尤多佳作。风格与高适相近，后人多并称"高岑"。

【注释】

（1）武判官：名不详，当是封常清幕府中的判官。判官，官职名。唐代节度使等朝廷派出的持节大使，可委任幕僚协助判处公事，是节度使、观察使一类的僚属。

（2）白草：西北的一种牧草，晒干后变白。

（3）胡天：指塞北的天空。胡：古代汉民族对北方各民族的通称。

（4）珠帘：用珍珠串成或饰有珍珠的帘子，形容帘子的华美。罗幕：用丝织品做成的帐幕，形容帐幕的华美。这句说雪花飞进珠帘，沾湿罗幕。"珠帘""罗幕"都属于美化的说法。

（5）狐裘：狐皮袍子。锦衾：锦缎做的被子。锦衾薄：丝绸的被子（因为寒冷）都显得单薄了，形容天气很冷。

（6）角弓：两端用兽角装饰的硬弓，一作"雕弓"。不得控：（天太冷而冻得）拉不开（弓）。控：拉开。

（7）都护：镇守边镇的长官，此为泛指，与上文的"将军"是互文。铁衣：铠甲。难着：一作"犹着"。着：亦写作"著"。

（8）瀚海：沙漠。这句说大沙漠里到处都结着很厚的冰。阑干：纵横交错的样子。百丈：一作"百尺"，一作"千尺"。

（9）惨淡：昏暗无光。

（10）中军：称主将或指挥部。古时分兵为中、左、右三军，中军为主帅的营帐。饮归客：宴饮归京的人，指武判官。饮：动词，宴饮。

（11）风掣：红旗因雪而冻结，风都吹不动了。一作旗被风往一个方向吹，给人以冻住之感。掣：拉，扯。

（12）轮台：唐轮台在今新疆维吾尔自治区米泉县境内，与汉轮台不是同一地方。天山：一名祁连山，横亘新疆东西，长六千余里。

（13）山回路转：山势回环，道路盘旋曲折。

【简析】

天宝十三载岑参第二次出塞，充任安西北庭节度使封常清的判官（节度使的僚属），而武判官即其前任，诗人在轮台送他归京（唐代都城长安）而写下了此诗。此诗描写西域八月飞雪的壮丽景色，抒写塞外送别、雪中送客之情，表现离愁和乡思，却充满奇思异想，并不令人感到伤感。诗中所表现出来的浪漫理想和壮逸情怀使人觉得塞外风雪变成了可玩味欣赏的对象。全诗内涵丰富宽广，色彩瑰丽浪漫，气势浑然磅礴，意境鲜明独特，具有极强的艺术感染力，堪称盛世大唐边塞诗的压卷之作。其中"忽如一夜春风来，千树万树梨花开"等诗句已成为千古传诵的名句。

24 枫桥夜泊⁽¹⁾

唐 张继

月落乌啼霜满天⁽²⁾，江枫渔火对愁眠⁽³⁾。
姑苏城外寒山寺，夜半钟声到客船。

【作者简介】

张继（715—779），字懿孙，唐代诗人，襄州（今湖北省襄阳市）人。天宝十二年进士，曾担任过军事幕僚，后又做过盐铁判官。唐代宗大历年间担任检校祠部郎中（祠部负责祠庙祭祀、天文方面的事）。他是一位重视气节，有抱负有理想的人，不仅有诗名，品格也受人敬重。其诗爽朗激越，不事雕琢，比兴幽深，事理双切，对后世颇有影响。

【注释】

（1）枫桥：在今苏州市阊门外。夜泊：夜间把船停靠在岸边。

（2）乌啼：一说为乌鸦啼鸣，一说为乌啼镇。霜满天：是空气极冷的形象语。

（3）江枫：一般解释作"江边枫树"，江指吴淞江，俗称苏州河。渔火：渔船上的灯火；也有说法指"渔火"实际上就是一同打渔的伙伴。对愁眠：伴愁眠之意，此句把江枫和渔火二词拟人化。

【简析】

这首诗句句形象鲜明，可感可画，句与句之间逻辑关系又非常清晰合理，内容晓畅易解。不仅中国历代各种唐诗选本和别集选入此诗，就连亚洲一些国家的小学课本也曾收录此诗。本诗问世后，寒山寺也因此名扬天下，成为游览胜地。

25 游子吟⁽¹⁾

唐 孟郊

慈母手中线，游子身上衣。

临行密密缝⁽²⁾，意恐迟迟归⁽³⁾。

谁言寸草心⁽⁴⁾，报得三春晖⁽⁵⁾！

【作者简介】

孟郊（751 年 –815 年），字东野，湖州武康（今浙江德清县）人，唐代著名诗人，少年时期隐居嵩山。孟郊两试进士不第，四十六岁时才中进士，曾任溧阳县尉。孟郊仕历简单，清寒终身，为人耿直倔强，死后曾由郑余庆买棺殓葬。故诗也多写世态炎凉，民间苦难。孟郊现存诗歌 574 首，以短篇的五言古诗最多，代表作有《游子吟》。有"诗囚"之称，又与贾岛齐名，人称"郊寒岛瘦"。

【注释】

（1）《游子吟》：题下原注"迎母溧上作"，为当时作者居官溧阳县尉时所作。吟：吟诵，诵读。游子：出门远游的人，即作者自己。

（2）临：将要。

（3）意恐：心里很担心。

（4）寸草：小草，这里比喻儿女。

（5）三春晖：春天灿烂的阳光，指慈母之恩。三春：旧称农历正月为孟春，二月为仲春，三月为季春，合称三春。晖：阳光。形容母爱如春天温暖、和煦的阳光一样照耀着子女。

【简析】

《游子吟》是唐代诗人孟郊的五言古诗，属于古体诗。全诗共六句三十字，采用白描的手法，通过回忆一个看似平常的临行前缝衣的场景，凸显并歌颂了母爱的伟大与无私，表达了诗人对母爱的感激以及对母亲深深的爱与尊敬。此诗情感真挚自然，千百年来广为传诵。

26 劝 学

唐 孟郊

击石乃有火⁽¹⁾，不击元无烟⁽²⁾。

人学始知道⁽³⁾，不学非自然。

万事须己运，他得非我贤。

青春须早为，岂能长少年。

【作者简介】

同上。

【注释】

（1）乃：才。

（2）元：本来。

（3）知道：知：了解；道：道理、规律、规则。

【简析】

只有击打石头，才会有火花，如果不击打，连一点儿烟也不冒出。人也是这样，只有通过学习，才能掌握知识，如果不学习，知识不会从天上掉下来。任何事情必须自己去实践，别人得到的知识不能代替自己的才能。语言浅显，用类比来引出观点，说理明白晓畅，具有启迪意义。

27 望洞庭⁽¹⁾

唐 刘禹锡

湖光秋月两相和⁽²⁾，潭面无风镜未磨⁽³⁾。

遥望洞庭山水色，白银盘里一青螺⁽⁴⁾。

【作者简介】

刘禹锡（772—842），唐代文学家、哲学家。字梦得，洛阳（今属河南）人。贞元间擢进士第，授监察御史。曾参加王叔文集团，反对宦官和藩镇割据势力，被贬朗州司马，迁连州刺史。后以裴度力荐，任太子宾客，加检校礼部尚书，世称刘宾客。其诗通俗清新，善用比兴手法寄托政治内容。《竹枝词》、《柳枝词》和《插田歌》等组诗，富有民歌特色，为唐诗中别开生面之作。有《刘梦得文集》。

【注释】

（1）洞庭：湖名，今湖南省北部。

（2）湖光：湖面的光芒。和：和谐，指水色与月光融为一体。

（3）镜未磨：古人的镜子用铜制作、磨成。这里一说是湖面无风，水平如镜；一说是远望湖中的景物，隐约不清，如同镜面没打磨时照物模糊。

（4）白银盘：形容平静而又清的洞庭湖面。青螺：这里用来形容洞庭湖中的君山。

【简析】

《望洞庭》是唐代著名诗人刘禹锡所著的一首山水小诗，是诗人遥望洞庭湖而写，明白如话而意味隽永。全诗纯然写景，既有描写的细致，又有比喻的生动，读来饶有趣味。

28　赋得古原草送别⁽¹⁾

唐　白居易

离离原上草⁽²⁾，一岁一枯荣⁽³⁾。

野火烧不尽，春风吹又生。

远芳侵古道⁽⁴⁾，晴翠接荒城⁽⁵⁾。

又送王孙去⁽⁶⁾，萋萋满别情⁽⁷⁾。

【作者简介】

白居易（772—846），字乐天，号香山居士，又号醉吟先生，祖籍太原，是唐代伟大的现实主义诗人。白居易与元稹共同倡导新乐府运动，世称"元白"，与刘禹锡并称"刘白"。白居易的诗歌题材广泛，形式多样，语言平易通俗，有"诗魔"和"诗王"之称。有《白氏长庆集》传世，代表诗作有《长恨歌》、《卖炭翁》、《琵琶行》等。

【注释】

（1）赋得：借古人诗句或成语命题作诗。诗题前一般都冠以"赋得"二字。这是古代人学习作诗或文人聚会分题作诗或科举考试时命题作诗的一种方式，称为"赋得体"。

（2）离离：青草茂盛的样子。

（3）一岁一枯荣：枯，枯萎。荣：茂盛。野草每年都会茂盛一次，枯萎一次。

（4）远芳侵古道：远处芬芳的野草一直长到古老的驿道上。芳：指野草那浓郁的香气。远芳：草香远播。侵：侵占，长满。

（5）晴翠：草原明丽翠绿。

（6）王孙：本指贵族后代，此指远方的友人。

（7）萋萋：形容草木长得茂盛的样子。

【简析】

《赋得古原草送别》是唐代诗人白居易的成名作。此诗通过对古原上野草的描绘，抒发送别友人时的依依惜别之情。它不仅可以看成是一曲野草颂，也可以看成是一曲生命的颂歌。诗的前四句侧重表现野草生命的历时之美，后四句侧重表现其共时之美。全诗章法谨严，用语自然流畅，对仗工整，写景抒情水乳交融，意境浑成，是"赋得体"中的绝唱。

29 山 行⁽¹⁾

唐 杜牧

远上寒山石径斜⁽²⁾，白云生处有人家。

停车坐爱枫林晚⁽³⁾，霜叶红于二月花⁽⁴⁾。

【作者简介】

杜牧（803—853），唐代诗人。字牧之，京兆万年（今陕西西安）人，以济世之才自负。诗文中多指陈时政之作。写景抒情的小诗，多清丽生动。诗以七言绝句著称，境界宽广，寓有深沉的历史感。《泊秦淮》《清明》《江南春绝句》《山行》等都是流传至今的名篇。人谓之小杜，和李商隐合称"小李杜"，以别于李白与杜甫。有《樊川文集》二十卷传世，《全唐诗》收其诗八卷。

【注释】

（1）山行：在山中行走。

（2）远上：登上远处的。寒山：深秋季节的山。石径：石子的小路。斜：此字读 xiá，为倾斜的意思。

（3）车：轿子。坐：因为。枫林晚：傍晚时的枫树林。

（4）霜叶：枫树的叶子经深秋寒霜之后变成了红色。红于：比……更红，本文指霜叶红于二月花。

【简析】

《山行》是诗人杜牧的一首描写和赞美深秋山林景色的七言绝句。这首诗描绘出一幅动人的山林秋色图：山路、人家、白云、红叶，构成一幅和谐统一的画面。在这首诗中，杜牧寓情于景，敏捷、准确地捕捉出体现自然美的形象，并把自己的情感融汇其中，使情感美与自然美水乳交融，情景互为一体。全诗构思新颖，布局精巧，于萧瑟秋风中摄取的绚丽秋色，与春光争胜，令人赏心悦目。这首小诗不只是即兴咏景，而且进而咏物言志，是诗人内在精神世界的表露。

30　江南春绝句

唐　杜牧

千里莺啼绿映红，水村山郭酒旗风⁽¹⁾。
南朝四百八十寺⁽²⁾，多少楼台烟雨中⁽³⁾。

【作者简介】

同上。

【注释】

（1）郭：古代在城外修筑的一种外墙。山郭：靠山的城墙。

（2）南朝：东晋后在建康（今南京）建都的宋、齐、梁、陈四朝合称南朝。当时的统治者都好佛，修建了大量的寺院。据《南史·循吏·郭祖深传》说："都下佛寺五百余所"。这里说四百八十寺，是大概数字。

（3）楼台：指寺庙。

【简析】

《江南春绝句》是唐代诗人杜牧所作的一首山水诗，选自《樊川诗集》，该诗不仅描绘了明媚的江南春光，而且还再现了江南烟雨蒙蒙的楼台景色，使江南风光更加神奇迷离，别有一番情趣，表现了诗人对江南景物的赞美与神往。

31　渔家傲·秋思

北宋　范仲淹

塞下秋来风景异，衡阳雁去无留意[1]。

四面边声连角起[2]，千嶂里，长烟落日孤城闭[3]。

浊酒一杯家万里，燕然未勒归无计[4]。

羌管悠悠霜满地，人不寐，将军白发征夫泪！

【作者简介】

范仲淹（989—1052），字希文，谥文正，亦称范履霜，北宋著名文学家、政治家、军事家、教育家。祖籍邠州（今陕西省彬县），后迁居苏州吴县（今江苏省吴县）。他为政清廉，体恤民情，刚直不阿，力主改革，屡遭奸佞诬谤，数度被贬。他的文学素养很高，著名的《岳阳楼记》中"先天下之忧而忧,后天下之乐而乐"为千古名句。皇祐四年五月二十日（1052 年 6 月 19 日）病逝于徐州，终年 63 岁。有《范文正公集》传世等。

【注释】

（1）衡阳雁：秋天南飞的雁。湖南衡阳城南有回雁峰，相传雁至此不再南飞。

（2）边声：边塞所特有的声音，如大风、号角、羌笛、马啸等声音。角：军中的号角。

（3）嶂：重山峻岭。长烟：荒漠上的烟，化用王维"大漠孤烟直，长河落日圆"诗意。

（4）燕然未勒（lè）：指边患未平、功业尚未建立。燕然，山名，即今蒙古境内之杭爱山。勒：雕刻，此为刻石记功之意。东汉窦宪追击北匈奴，出塞三千余里，至燕然山刻石记功而还。归无计：无法回家。

【简析】

《渔家傲·秋思》是范仲淹的名作之一，被选入《宋词三百首》。这首词首先给人的感觉是凄清、悲凉、壮阔、深沉，还有些伤感。但却有悲壮的英雄气概在回荡。这首词既表现将军的英雄气概及征途的艰苦生活，也暗寓对宋王朝重内轻外政策的不满，爱国激情与浓重乡思，兼而有之，构成了将军与征夫思乡却渴望建功立业的复杂而又矛盾的情绪。

32　苏幕遮⁽¹⁾

北宋　范仲淹

碧云天，黄叶地，秋色连波，波上寒烟翠⁽²⁾。

山映斜阳天接水，芳草无情，更在斜阳外⁽³⁾。

黯乡魂，追旅思⁽⁴⁾。夜夜除非，好梦留人睡⁽⁵⁾。

明月楼高休独倚，酒入愁肠，化作相思泪。

【作者简介】

同上。

【注释】

（1）苏幕遮：词牌名。

（2）波上寒烟翠：江波之上笼罩着一层翠色的寒烟。

（3）芳草无情，更在斜阳外：草地绵延到天涯，似比斜阳更遥远。

（4）黯乡魂：因思乡而黯然神伤。追旅思：撇不开羁旅的愁思。

（5）夜夜除非，好梦留人睡：每天夜里只有做（返回故乡的）好梦时才得安睡。

【简析】

这首词是范仲淹主持防御西夏时所作，全词将美丽的景与思乡的情有机统一，表现了羁旅相思而不能归的情怀。上阕写艳丽的秋景，下阕抒发羁旅的愁思。整首词情景交融，气象阔大，意境深远，视点由上及下，由近到远，不愧为真情流溢的千古名篇。

33 登飞来峰⁽¹⁾

北宋 王安石

飞来山上千寻塔⁽²⁾，闻说鸡鸣见日升⁽³⁾。

不畏浮云遮望眼⁽⁴⁾，只缘身在最高层⁽⁵⁾。

【作者简介】

王安石（1021－1086），字介甫，号半山，临川（今江西抚州市临川区）人，北宋著名的思想家、政治家、文学家、改革家。拜相后主持变法。因守旧派反对，熙宁七年罢相。一年后，宋神宗再次起用，旋又罢相，退居江宁。郁然病逝于钟山（今江苏南京），赠太傅。后获谥"文"，故世称王文公。其散文论点鲜明、逻辑严密，有很强的说服力，充分发挥了古文的实际功用，名列"唐宋八大家"。其诗词擅长于说理与修辞，以丰神远韵的风格在北宋诗坛自成一家，世称"王荆公体"。有《王临川集》、《临川集拾遗》等存世。

【注释】

（1）飞来峰：有两说：一说在浙江绍兴城外的宝林山。传说此峰是从东武县飞来的，故名飞来峰。一说在今浙江杭州西湖灵隐寺前。

（2）千寻塔：很高很高的塔。寻，古时长度单位，八尺为寻。

（3）闻说：听说。

（4）浮云：在山间浮动的云雾。望眼：视线。

（5）缘：因为。

【简析】

宋仁宗皇祐二年（1050）夏，诗人王安石在浙江鄞县知县任满回江西临川故里时，途经杭州，写下此诗。这首诗与一般的登高诗不同，重点是写自己登临高处的感受，寄寓"站得高才能望得远"的哲理。"不畏浮云遮望眼，只缘身在最高层。"比喻"掌握了正确的观点和方法，认识达到了一定的高度，就能透过现象看到本质，就不会被事物的假象迷惑。"此句极具哲理性，常被用作座右铭。

34 元 日⁽¹⁾

宋 王安石

爆竹声中一岁除,春风送暖入屠苏⁽²⁾。
千门万户曈曈日⁽³⁾,总把新桃换旧符⁽⁴⁾。

【作者简介】

同上。

【注释】

(1)元日:农历正月初一,即春节。

(2)屠苏:药酒名。古代习俗,大年初一全家合饮这种用屠苏草浸泡的酒,以驱邪避瘟疫,求得长寿。

(3)曈曈(tóng):日出时光亮而又温暖的样子。

(4)桃:桃符,古代一种风俗,农历正月初一时人们用桃木板写上神荼、郁垒两位神灵的名字,悬挂在门旁,用来压邪。也作春联。

【简析】

《元日》是北宋政治家王安石创作的一首七言绝句。这首诗描写新年元日热闹、欢乐和万象更新的动人景象,抒发了作者革新政治的思想感情,充满欢快及积极向上的奋发精神。

35　念奴娇·赤壁怀古⁽¹⁾

北宋　苏轼

大江东去，浪淘尽，千古风流人物⁽²⁾。故垒西边⁽³⁾，人道是，三国周郎赤壁。乱石穿空，惊涛拍岸，卷起千堆雪⁽⁴⁾。江山如画，一时多少豪杰。

遥想公瑾当年，小乔出嫁了，雄姿英发。羽扇纶巾⁽⁵⁾，谈笑间，樯橹灰飞烟灭⁽⁶⁾。故国神游，多情应笑我，早生华发⁽⁷⁾。人生如梦，一尊还酹江月⁽⁸⁾。

【作者简介】

苏轼（1037-1101），字子瞻，号东坡居士，眉山（今四川眉山）人，嘉祐二年（1057年）进士。苏轼是北宋文坛领袖，建树了多方面的文学业绩，散文与欧阳修并称"欧苏"，是唐宋八大家之一；诗歌与黄庭坚并称"苏黄"，开一代诗歌新貌；词与辛弃疾并称"苏辛"，改革了词风，开拓了词境，提高了词品；书法与黄庭坚、米芾、蔡襄并称"四大家"；绘画是以文同为首的"文湖州竹派"的重要人物。他在文学艺术的各个领域都取得了突出的成就，在中国文学史上极为罕见，对后世影响极为深远。

【注释】

（1）赤壁：一说在今湖北省蒲圻县西北，长江南岸。因该山岩石呈赭红色，故名。一说在黄冈县城西北的赤鼻矶。苏轼所游赤壁当为后者。

（2）大江：即长江。风流人物：指才能出众、品格超群、风度潇洒的英雄人物。

（3）故垒：旧时的营垒，指古战场。

（4）千堆雪：形容很多的浪花。

（5）羽扇纶（guān）巾：汉末至魏晋时名士的装束，形容周瑜从容闲雅。纶巾：古代配有青丝带的头巾。

（6）樯橹（qiáng lǔ）：船的代称。樯是船上挂帆的桅杆，橹是划船的桨。这里代指曹操的水军。

（7）多情应笑我，早生华发：应笑我多愁善感，过早地长出花白的头发。华：同"花"。

（8）尊：同"樽"，酒杯。酹（lèi）：将酒洒在地上，以表示凭吊。

【简析】

《念奴娇·赤壁怀古》是宋代文学家苏轼的代表作，也是豪放派古词的代表作之一。上阕写景，描绘了万里长江及其壮美的景象。下阕怀古，追忆了功业非凡的英俊豪杰，抒发了热爱祖国山河、羡慕古代英杰、感慨自己未能建立功业的思想感情。全词借古抒怀，雄浑苍凉，大气磅礴，笔力遒劲，境界宏阔，将写景、咏史、抒情融为一体，给人以撼魂荡魄的艺术力量，被誉为"古今绝唱"。

36 水调歌头

北宋 苏轼

丙辰中秋⁽¹⁾，欢饮达旦，大醉，作此篇兼怀子由⁽²⁾。

明月几时有？把酒问青天⁽³⁾。

不知天上宫阙，今夕是何年⁽⁴⁾。

我欲乘风归去，又恐琼楼玉宇⁽⁵⁾，高处不胜寒⁽⁶⁾。

起舞弄清影，何似在人间⁽⁷⁾。

转朱阁⁽⁸⁾，低绮户⁽⁹⁾，照无眠。不应有恨⁽¹⁰⁾，何事长向别时圆？

人有悲欢离合，月有阴晴圆缺，此事古难全。

但愿人长久，千里共婵娟⁽¹¹⁾。

【作者简介】

同上。

【注释】

（1）丙辰：此指宋神宗熙宁九年（1076）。

（2）子由：作者之弟苏辙，字子由。

（3）"明月"二句：是从李白《把酒问月》诗"青天有月来几时？我今停杯一问之"脱化而来。把：持，握。

（4）"今夕"句：出自唐人传奇《周秦行纪》："共道人间惆怅事，不知今夕是何年。"

（5）琼楼玉宇：指月中宫殿，为神仙所住。

（6）不胜：禁受不了。

（7）"起舞"二句：月下跳舞，清影随人，天上怎么比得上人间生活幸福！

（8）朱阁：华美的楼阁。

（9）绮（qǐ）户：雕有花纹的门窗。

（10）"不应"二句：月亮该不是对人有恨吧，可为什么老是趁人们离别、孤独的时候圆呢？

（11）"千里"句：化用谢庄《月赋》"美人迈兮音尘绝，隔千里兮共明月"的诗句。婵娟：形态美好的样子，这里指月亮。

【简析】

这首词是宋神宗熙宁九年（1076）中秋节写的。时年，苏轼四十一岁，为密州太守。题说"兼怀子由"，是怀念六七年不见的弟弟之意。欢度佳节的愉快和牵挂爱弟的情怀，是这首词的基调。词的上片主要抒发作者对政治的感慨；词的下片抒发对兄弟的怀念之情。

37　题西林壁⁽¹⁾

宋　苏轼

横看成岭侧成峰⁽²⁾，远近高低各不同。

不识庐山真面目，只缘身在此山中⁽³⁾。

【作者简介】

同上。

【注释】

（1）题：书写，题写。西林：西林寺，在江西庐山。

（2）横看：从正面看。庐山南北走向，横看就是从东西方
向看。侧：侧面，从侧面看。

（3）缘：同"原"，因为，由于。

【简析】

《题西林壁》这首诗中有画的写景诗，又是一首哲理诗，哲
理蕴含在对庐山景色的描绘之中。前两句描述了庐山不同的形
态变化。庐山横看绵延逶迤，崇山峻岭郁郁葱葱连环不绝；侧
看则峰峦起伏，奇峰突起，耸入云端。从远处和近处不同的方
位看庐山，所看到的山色和气势又不相同。后两句写出了作者
深思后的感悟：之所以从不同的方位看庐山，会有不同的印象，

原来是因为"身在此山中"。也就是说，只有远离庐山，跳出庐山的遮蔽，才能全面把握庐山的真正仪态。全诗紧紧扣住游山谈出自己独特的感受，借助庐山的形象，用通俗的语言深入浅出地表达哲理，故而亲切自然，耐人寻味。

38　饮湖上初晴后雨⁽¹⁾

宋　苏轼

水光潋滟晴方好⁽²⁾，山色空蒙雨亦奇⁽³⁾。
欲把西湖比西子⁽⁴⁾，淡妆浓抹总相宜⁽⁵⁾。

【作者简介】

同上。

【注释】

（1）饮湖上：在西湖的船上饮酒。

（2）潋滟：水波荡漾、波光闪动的样子。方好：正显得美。

（3）空蒙：细雨迷濛的样子。亦：也。奇：奇妙。

（4）欲：可以，如果。西子：即西施,春秋时代越国著名的美女。

（5）总相宜：总是很合适，十分自然。

【简析】

苏轼于神宗熙宁四年元七年（公元 1071–1074 年）在杭州任通判，曾写下大量有关西湖景物的诗。这一首《饮湖上初晴后雨》作于熙宁六年夏天的一次游玩后。是一首赞美西湖美景的七言绝句。这首诗不是描写西湖的一处之景、一时之景，而是对西湖美景的全面描写概括品评。

　　诗的上半首既写了西湖的水光山色，也写了西湖的晴姿雨态。下半首诗用一个既空灵又贴切的妙喻就表现了湖山的神韵。通过巧妙地比喻，构成一幅生动可感的西湖图像，创造出更真切的意境。

39　渔家傲

南宋　李清照

天接云涛连晓雾，星河欲转千帆舞(1)。

仿佛梦魂归帝所，闻天语，殷勤问我归何处(2)。

我报路长嗟日暮(3)，学诗谩有惊人句(4)。

九万里风鹏正举(5)，风休住，

蓬舟吹取三山去(6)。

【作者简介】

李清照（1084—1155），号易安居士，济南章丘人。是婉约词派代表，有"千古第一才女"之称。所作词，前期多写其悠闲生活，后期多悲叹身世，情调感伤。形式上善用白描手法，自辟途径，语言清丽。论词强调协律，崇尚典雅，提出词"别是一家"之说，反对以作诗文之法作词。她的诗留存不多，部分篇章感时咏史，情辞慷慨，与其词风不同。后人有《漱玉词》辑本。今有《李清照集校注》。

【注释】

（1）星河：银河。

（2）帝所：天帝居住的地方。天语：天帝的话语。

（3）报：回答。路长、日暮：表示没有出路。嗟：慨叹。

（4）谩（màn）：徒，空。

（5）鹏：古代神话传说中的大鸟。举：飞起。

（6）吹取：吹得。三山：指海上的蓬莱、瀛洲、方丈三座仙山。

【简析】

这首词为李清照南渡后所作。写梦中海天溟蒙的景象及与天帝的问答。隐寓对南宋黑暗社会现实的失望和对理想境界的追求及向往。作者用浪漫主义的艺术构思，梦游的方式，设想与天帝问答，倾述隐衷，寄托自己的情思，景象壮阔，气势磅礴。这首词被评论家誉为"无一毫粉钗气"的豪放词，是她现在的词作中不多见的一首。

这首词把真实的生活感受融入梦境，巧妙用典将梦幻与生活、历史与现实有机结合，气度恢宏、格调雄奇，气势磅礴、音调豪迈，具有明显的豪放派风格。是婉约派词宗李清照的另类作品。

40　夏日绝句

南宋　李清照

生当作人杰[1]，死亦为鬼雄[2]。
至今思项羽[3]，不肯过江东[4]。

【作者简介】

同上。

【注释】

（1）人杰：人中的豪杰。汉高祖曾称赞开国功臣张良、萧何、韩信是"人杰"。

（2）鬼雄：鬼中的英雄。出自屈原《国殇》："身既死兮神以灵，子魂魄兮为鬼雄。"

（3）项羽：秦末时自立为西楚霸王，与刘邦争夺天下，在垓下之战中，兵败自杀。

（4）江东：项羽当初随叔父项梁起兵的地方。

【简析】

《夏日绝句》是一首借古讽今、抒发悲愤的五言绝句怀古诗。前两句，语出惊人，直抒胸臆，提出人"生当作人杰"，为国建功立业，报效朝廷；"死"也应该做"鬼雄"，方不愧于顶天立地的好男儿。爱国深情喷涌而出，震撼人心。后两句，诗人通过歌颂项羽的悲壮之举来讽刺南宋当权者不思进取、苟且偷生的无耻行径。全诗只有短短的二十个字，却连用三个典故，可谓字字珠玑，字里行间透出一股正气。

41　满江红⁽¹⁾

南宋　岳飞

怒发冲冠，凭栏处，潇潇雨歇⁽²⁾。抬望眼，仰天长啸，壮怀激烈。三十功名尘与土⁽³⁾，八千里路云和月⁽⁴⁾。莫等闲⁽⁵⁾，白了少年头，空悲切。

靖康耻⁽⁶⁾，犹未雪。臣子恨，何时灭！驾长车，踏破贺兰山缺⁽⁷⁾。壮志饥餐胡虏肉，笑谈渴饮匈奴血。待从头，收拾旧山河，朝天阙⁽⁸⁾。

【作者简介】

岳飞（1103—1142），字鹏举，相州汤阴（今属河南）人。南宋抗金名将，民族英雄。少年从军，屡建奇功，力主抗金恢复中原，反对秦桧之和议投降，被秦桧以"莫须有"罪名杀害。其词仅存三首，抒发抗金恢复之志，豪迈悲壮。

【注释】

（1）满江红：词牌名。

（2）潇潇：急骤的风雨之声。

（3）三十：约数，非实指。尘与土：指在风尘中到处奔走。

（4）八千里路：就空间而言，指转战南北。云和月：指披云戴月，屡经风霜。

（5）等闲：轻易，随便。

（6）靖康耻：指宋钦宗靖康二年（1127年），金兵攻陷汴京，掳走徽、钦二帝之耻。

（7）贺兰山：在今宁夏与内蒙古交界处，此处泛指边塞关山。缺：指山口。

（8）朝天阙（què）：朝见皇帝。天阙：本指天子宫殿前的楼宇，此指皇帝生活的地方。

【简析】

这首词上片写国耻未雪的遗憾和仇恨，下片写收复失地的决心。本词抒发了岳飞"精忠报国"的英雄之志，表现出一种浩然正气、英雄气质，表现了报国立功的信心和乐观主义精神，千百年来一直激发着人们的爱国豪情。"莫等闲，白了少年头"，更以直白迫切之语，激励人们珍惜时光，奋发努力，成为千古箴言，催人积极进取，报效国家。

42 游山西村

南宋 陆游

莫笑农家腊酒浑⁽¹⁾，丰年留客足鸡豚⁽²⁾。

山重水复疑无路⁽³⁾，柳暗花明又一村。

箫鼓追随春社近⁽⁵⁾，衣冠简朴古风存⁽⁶⁾。

从今若许闲乘月⁽⁷⁾，拄杖无时夜叩门⁽⁸⁾。

【作者简介】

陆游（1125—1210），字务观，号放翁，越州山阴（今浙江绍兴）人。宋高宗二十三年（1153），试礼部，名在前列，遭秦桧嫉恨，被除名。孝宗时，赐进士出身，任镇江府、隆兴府通判。陆游一生坚持复国之志，屡遭投降派的打击却矢志不渝。他将自己的一片爱国之心寄于诗词之中，创作了大量优秀的作品。陆游的词与诗一样富于政治激情，或写恢复之志，或抒压抑之感，风格以沉郁雄放为主要特色，而兼有柔婉清逸之美。后人辑有《放翁词》。

【注释】

（1）腊酒：腊月里酿造的酒。

（2）足鸡豚(tún)：意思是准备了丰盛的菜肴。足：足够，丰盛。豚：小猪，代指猪肉。

（3）山重水复：一座座山、一道道水重重叠叠。

（4）柳暗花明：柳色深绿，花色红艳。

（5）箫鼓：吹箫打鼓。春社：古代把立春后第五个戊日做为春社日，拜祭社公（土地神）和五谷神，祈求丰收。

（6）古风存：保留着淳朴古代风俗。

（7）若许：如果这样。闲乘月：有空闲时趁着月光前来。

（8）无时：没有一定的时间，即随时。叩（kòu）：敲。

【简析】

这首诗写于宋孝宗乾道三年（1167），当时诗人罢官闲居，住在山阴（今浙江绍兴市）镜湖的三山乡。诗题中"山西村"，指三山乡西边的村落。诗中记叙了当地的风俗，饶有兴味。

这首诗生动地描画出一幅色彩明丽的农村风光，诗人对淳朴的农村生活习俗，流溢着喜悦、挚爱的感情。诗人陶醉于山西村人情美、风物美、民俗美中，有感于这样的民风民俗及太平景象，反映了他乡居闲散的思想感情及对田园生活的喜爱和恋恋不舍的情感。

43　冬夜读书示子聿⁽¹⁾

南宋　陆游

古人学问无遗力⁽²⁾，少壮工夫老始成⁽³⁾。
纸上得来终觉浅⁽⁴⁾，绝知此事要躬行⁽⁵⁾。

【作者简介】

同上。

【注释】

（1）示：训示、指示。子聿（yù）：陆游的小儿子。

（2）学问：指读书学习，就是学习的意思。遗：保留，存留。无遗力：用出全部力量，没有一点保留，不遗余力、竭尽全力。

（3）少壮：青少年时代。工夫：做事所耗费的时间。始：才。

（4）纸：书本。终：到底，毕竟。觉：觉得。浅：肤浅，浅薄，有限的。

（5）绝知：深入、透彻的理解。行：实践。躬行：亲身实践。[

【简析】

这是一首非常有名的诗。在这首诗里，诗人一方面强调了做学问要坚持不懈，早下功夫，免得"少壮不努力，老大徒伤悲"，将来一事无成，后悔莫及。另一方面，特别强调了做学问的功夫要下在哪里，这也是做学问的诀窍，那就是不能满足于字面上的明白，而要躬行实践，在实践中加深理解。

44 示 儿⁽¹⁾

宋 陆游

死去元知万事空⁽²⁾，但悲不见九州同⁽³⁾。

王师北定中原日，家祭无忘告乃翁⁽⁴⁾。

【作者简介】

同上。

【注释】

（1）示儿：告诉儿子。

（2）元知：才知道。万事空：什么也没有了。

（3）但：只是。九州：古代中国分为九个州：冀州、兖（yǎn）州、青州、徐州、扬州、荆州、豫州、幽州、雍州，这里代指的是祖国。

（4）家祭：家中祭祀祖先的仪式。无：通"勿"，意思是不要。乃：你，你的。翁：父亲。

【简析】

此诗是陆游爱国诗中的名篇。陆游一生致力于抗金斗争，一直希望能收复中原。从诗中可以领会到诗人的爱国激情是何等的执着、深沉、热烈、真挚！本诗凝聚着诗人毕生的心事，他始终抱着光复旧土的信念和必胜的信心。在短短的篇幅中，诗人披肝沥胆地嘱咐着儿子，浓浓的爱国之情跃然纸上。

45 观书有感

南宋 朱熹

半亩方塘一鉴开⁽¹⁾，天光云影共徘徊⁽²⁾。
问渠那得清如许⁽³⁾，为有源头活水来⁽⁴⁾。

【作者简介】

朱熹（1130—1200），字元晦，又字仲晦，号晦庵，晚称晦翁，谥文，世称朱文公。祖籍江南东路徽州府婺源县（今江西省婺源）。宋朝著名的理学家、思想家、哲学家、教育家、诗人，儒学集大成者，世尊称为朱子。朱熹著述甚多，有《四书章句集注》、《周易读本》、《楚辞集注》等。其中《四书章句集注》成为钦定的教科书和科举考试的标准。

【注释】

（1）方塘：又称半亩塘，此处指池塘。鉴：镜子。

（2）天光云影共徘徊：是说天的光和云的影子反映在塘水之中，不停地变动，犹如人在徘徊。徘徊：来回移动。

（3）渠：它，第三人称代词，这里指方塘之水。那（nǎ）得：怎么会。那：通"哪"，怎么的意思。清如许：这样的清澈。如许：如此，这样。

（4）为：因为。源头活水：比喻知识是不断更新和发展的，从而不断积累，只有在人生的学习中不断的学习、运用和探索，才能使自己永葆先进和活力，就像水源头一样。

【简析】

这是一首有哲理性的小诗。借助池塘水清因有活水注入的现象，比喻要不断接受新事物，才能保持思想的活跃与进步。人们在读书后，时常有一种豁然开朗的感觉，诗中就是以象征的手法，将这种内心感觉化作可以感触的具体行象加以描绘，让读者自己去领略其中的奥妙。所谓"源头活水"，当指从书中不断汲取新的知识。

46 破阵子·为陈同甫赋壮词以寄之[1]

南宋 辛弃疾

醉里挑灯看剑，梦回吹角连营[2]。八百里分麾下炙[3]，五十弦翻塞外声[4]。沙场点秋兵。

马作的卢飞快[5]，弓如霹雳弦惊。了却君王天下事[6]，赢得生前身后名。可怜白发生！

【作者简介】

同上。

【注释】

（1）破阵子：词牌名。陈同甫：名陈亮，字同甫，辛弃疾挚友。

（2）吹角连营：各个军营里接连不断地响起号角声。

（3）八百里：牛名。《世说新语·汰侈》载，晋代王恺有一头珍贵的牛，叫八百里驳。分麾（huī）下炙（zhì）：把烤牛肉分赏给部下。

（4）五十弦：原指瑟，此处泛指各种乐器。翻：演奏。塞外声：指悲壮粗犷的战歌。

（5）马作的卢飞快：战马像的卢马那样跑得飞快。的卢，良马名，一种烈性快马。

（6）君王天下事：统一国家的大业，此处特指恢复中原事。

【简析】

这首词是辛弃疾失意闲居信州（今江西上饶）时，与陈同甫会见后所作。词中除首尾两句是现实处境，其余八句均是梦中理想。词中回顾了他当年在山东和耿京一起领导义军抗击金兵的情形，描绘了义军雄壮的军容和英勇战斗的场面，也表现了作者不能实现收复中原的理想的悲愤心情。

47 青玉案·元夕⁽¹⁾

南宋 辛弃疾

东风夜放花千树，更吹落、星如雨。宝马雕车香满路，凤箫声动，玉壶光转⁽²⁾，一夜鱼龙舞。

蛾儿雪柳黄金缕，笑语盈盈暗香去⁽³⁾。众里寻他千百度，蓦然回首⁽⁴⁾，那人却在，灯火阑珊处⁽⁵⁾。

【作者简介】

同上。

【注释】

（1）青玉案：词牌名。案（wǎn），同"碗"。

（2）玉壶：指月亮，也指玉制的灯。

（3）盈盈：形容女子仪态美好。暗香：借指美人。

（4）蓦（mò）然：突然。

（5）阑珊（lán shān）：零落、将尽。

【简析】

这首词大约写在作者被迫闲居于江西上饶之后，全词着力描写了元月十五日夜元宵节观灯的热闹景象。先写灯会的壮观，如大地千树银花，天上星落人间。接着写观众之多，特别是贵人多得"满路"。再反复渲染灯会的丰富多彩，姑娘们的欢声笑语。"众里"一句方始出现主人公活动，而他仅是线索人物，最后要写的人却只是末了两句。奇怪的是"那人"赏灯却不是"宝马雕车"，也不在"笑语盈盈"列中，她远离众人，为遗世独立，久寻不着，原来竟独立在"灯火阑珊处"，岂不奇怪？全词用的是对比和以宾衬主的手法，烘云托月地推出这位超俗的女子形象：孤傲幽独、淡泊自恃、自甘寂寞、不同流俗。这不正是作者自己的写照吗？

48　永遇乐·京口北固亭怀古⁽¹⁾

南宋　辛弃疾

千古江山，英雄无觅⁽²⁾，孙仲谋处。舞榭歌台⁽³⁾，风流总被，雨打风吹去。斜阳草树，寻常巷陌⁽⁴⁾，人道寄奴曾住⁽⁵⁾。想当年：金戈铁马，气吞万里如虎⁽⁶⁾。

元嘉草草，封狼居胥，赢得仓皇北顾⁽⁷⁾。四十三年，望中犹记，烽火扬州路。可堪回首，佛狸祠下，一片神鸦社鼓⁽⁸⁾。凭谁问：廉颇老矣，尚能饭否⁽⁹⁾？

【作者简介】

辛弃疾（1140-1207），字幼安，号稼轩，历城（今山东济南）人。南宋豪放派著名词人，他二十多岁便投身抗金，南渡后曾任建康通判、浙东安抚使、镇江知府等官职。他一生主张收复中原，但壮志未酬，一腔忠烈之气化为慷慨豪放的诗词。有《稼轩长短句》。

【注释】

（1）京口：南北朝时镇江旧称。

（2）英雄无觅，孙仲谋处：无处寻找英雄孙仲谋那样的人物了。仲谋：孙权的字，他曾在京口建立吴都，并曾击退曹操军队的南侵。

（3）舞榭（xiè）歌台：歌舞的台榭。榭：台上的房屋。

（4）寻常巷陌：普通的街道。巷、陌：都指街道。

（5）寄奴：南朝宋武帝刘裕的小名。

（6）气吞万里如虎：这是说刘裕当年出兵灭南燕、后秦，收复洛阳、长安以及淮北大片土地，有吞灭强敌的气势。

（7）元嘉草草,封狼居胥,赢得仓皇北顾：元嘉二十七年（450），宋文帝刘义隆（刘裕的儿子）草率出师北伐，想要建立像古人封狼居胥山那样的功绩，却落得向北回望，仓皇败还。

（8）佛（bì）狸祠下，一片神鸦社鼓：佛狸祠下，一片神鸦的叫声和社日的鼓声。佛狸：北魏太武帝拓跋焘的小名。神鸦：这里指在庙里吃祭品的乌鸦。社鼓：社日（古时祭祀土神的日子）祭神所鸣奏的鼓乐。

（9）凭谁问：廉颇老矣，尚能饭否？：有谁来问，廉颇老了，饭量还好吗？作者以廉颇自况，抒发自己老当益壮，仍不忘为国效力的壮志。

【简析】

这首词写于 1205 年，作者年已六十六岁，时任镇江知府。但他抗金雄心犹在，依然壮心不已。词作通过京口北固亭怀古，抒发了作者抗敌救国的雄图大志和对恢复大业的深谋远虑，以及为国效劳的赤胆忠心。词的上片借京口当地的孙权、刘裕这两位曾经"坐镇东南"、"兴师北伐"的古代英雄人物的业绩，隐约地表达了自己抗敌救国的心情。词的下片写宋文帝刘义隆仓促北伐招致惨败的历史事实，来作为对当时伐金必须做好充分准备、不能草率从事的深切鉴戒。

49 过零丁洋⁽¹⁾

南宋 文天祥

辛苦遭逢起一经⁽²⁾，干戈寥落四周星⁽³⁾。

山河破碎风飘絮⁽⁴⁾，身世浮沉雨打萍⁽⁵⁾。

惶恐滩头说惶恐⁽⁶⁾，零丁洋里叹零丁⁽⁷⁾。

人生自古谁无死，留取丹心照汗青⁽⁸⁾。

【作者简介】

文天祥（1236—1283），字宋瑞，号文山，庐陵（今江西吉安）人。南宋政治家、文学家、民族英雄。公元1256年（宋理宗宝祐四年）举进士第一，官至右丞相兼枢密使，公元1278年（宋末帝祥兴元年）兵败被俘，誓死不屈，在狱中坚持斗争三年多，后就义于大都（今北京）。能诗文，诗词多写其宁死不屈的决心。著有《文山先生全集》。

【注释】

（1）零丁洋：即"伶丁洋"，现在广东省珠江口外。1278年底，文天祥率军在广东五坡岭与元军激战，兵败被俘，囚禁船上曾经过零丁洋。

（2）遭逢：遭遇到朝廷选拔。起一经，因为精通一种经书，通过科举考试而被朝廷起用做官。文天祥二十岁考中状元。

（3）干戈：指抗元战争。寥（liáo）落：荒凉冷落。这里指宋元之间的战争已经接近尾声。四周星：四周年。文天祥从1275年起兵抗元，到1278年被俘，一共四年。

（4）风飘絮：柳絮，这里比喻国势如柳絮一样飘摇。

（5）雨打萍：比喻自己身世坎坷，如同雨中浮萍，漂泊无根。

（6）惶恐滩：在今江西省万安县，是赣江中的险滩。1277年，文天祥在江西被元军打败，所率军队死伤惨重，妻子儿女也被元军俘虏。他经惶恐滩撤到福建。

（7）零丁：孤苦无依的样子。

（8）丹心：红心，比喻忠心。汗青：同汗竹，特指史册，古代用竹简写字，先用火烤干其中的水分，干后易写而且不受虫蛀，也称汗青。

【简析】

这首诗作于公元1279年（宋祥兴二年）。公元1278年（宋祥兴元年），文天祥在广东海丰北五坡岭兵败被俘，押到船上，次年过零丁洋时作此诗。随后又被押解至崖山，张弘范逼迫他写信招降固守崖山的张世杰、陆秀夫等人，文天祥不从，出示此诗以明志。这是一首沉郁悲壮、气贯长虹的爱国主义诗篇。其中千古传诵的名言"人生自古谁无死，留取丹心照汗青"，是诗人用自己的鲜血和生命谱写的一曲人生赞歌。为国捐躯是一种民族气节、是可歌可泣的英雄壮举，而把个人命运和国家危亡紧紧系在一起，更是每一个中华儿女应尽的义务。

50　石灰吟⁽¹⁾

明　于谦

千锤万凿出深山⁽²⁾，烈火焚烧若等闲⁽³⁾，

粉身碎骨浑不怕⁽⁴⁾，要留清白在人间⁽⁵⁾。

【作者简介】

于谦（1398—1457），字廷益，号节庵，官至少保，世称于少保，明朝浙江杭州钱塘县人。天顺元年因"谋逆"罪被冤杀。谥曰忠肃，有《于忠肃集》。

【注释】

（1）石灰吟：赞颂石灰。吟：吟颂，指古代诗歌体裁的一种名称。

（2）千锤万凿：无数次的锤击开凿，形容开采石灰非常艰难。千、万：虚词，形容很多。锤：锤打。凿：开凿。

（3）等闲：好像很平常的事情。等闲：平常，轻松。

（4）浑：全。

（5）清白：指石灰洁白本色，又比喻高尚节操。

【简析】

《石灰吟》是明代民族英雄、政治家于谦的一首托物言志诗。

这首咏物诗，采用象征手法，字面上是咏石灰，实际借物喻人，托物寄怀，表现了诗人高洁的理想。整首诗笔法凝炼，一气呵成，语言质朴自然，不事雕琢，感染力很强；尤其是作者那积极进取的人生态度和大无畏的凛然正气更给人以启迪和激励。

51 明日歌

明 钱福

明日复明日⁽¹⁾，明日何其多⁽²⁾。

我生待明日，万事成蹉跎⁽³⁾。

世人苦被明日累⁽⁴⁾，春去秋来老将至。

朝看水东流，暮看日西坠。

百年明日能几何？请君听我《明日歌》。

【作者简介】

钱福（1461–1504），明代状元，字与谦，因家住松江鹤滩附近，自号鹤滩。南直隶松江府华亭（今上海松江）人。弘治三年进士第一，官翰林修撰，三年告归。诗文以敏捷见长，有名一时，根据文嘉诗文修改的《明日歌》流传甚广。著有《鹤滩集》。

【注释】

（1）复：又。

（2）明日何其多：明日是何等的多啊。何其：多么。

（3）蹉跎（cuō tuó）：光阴虚度。以上两句说：如果天天只空等明天，那么只会空度时日，一事无成。

（4）苦：一作"若"。累（lěi）：带累，使受害。

【简析】

这一首诗七次提到"明日",反复告诫人们要珍惜时间,今日的事情今日做,不要拖到明天,不要蹉跎岁月。这首诗内容充实,意思浅显,语言明白如话,说理通俗易懂,说服力强,很有教育意义。

52　临江仙⁽¹⁾

明　杨慎

　　滚滚长江东逝水，浪花淘尽英雄。是非成败转头空，青山依旧在，几度夕阳红。

　　白发渔樵江渚上⁽²⁾，惯看秋月春风。一壶浊酒喜相逢⁽³⁾，古今多少事，都付笑谈中。

【作者简介】

　　杨慎（1488—1559），明代文学家，明代三大才子之首。著作达百余种，后人辑为《升庵集》。明正德六年（1511），杨慎获殿试第一。1524年因得罪明世宗朱厚熜（cōng），被发配到云南充军，就在他戴着枷锁，被军士押解到湖北江陵时，看到一个渔夫和一个樵夫在江边煮鱼喝酒，谈笑风生，杨慎突然心生感慨，于是请军士找来纸笔，写下了这首《临江仙》。

【注释】

　　（1）临江仙：词牌名。

　　（2）渔樵：渔翁、樵夫，此处喻指隐居不问世事的人。渚（zhǔ）：水中的小块陆地，此处指江岸边。秋月春风：指良辰美景，也指美好岁月。

　　（3）浊（zhuó）酒：用糯米、黄米等酿制的酒，较混浊。浊：

不清澈。

【简析】

这是一首咏史诗，借叙述历史兴亡抒发人生感慨，滚滚长江向东流，任凭江水淘尽世间事，多少英雄随着翻飞的浪花随波而去。逝者如斯，谁也留不住时光的脚步。是非、成败、瞬间皆成空。然而，人生有限，江水不息，青山常在。词中展现了两位白发渔樵的形象，任身边惊涛骇浪、日月更替，春花秋月间握杯谈笑，自有一份宁静与淡泊。这正是作者所追求的理想境界。

全词用语直白，不事雕琢，有历史兴衰之感，更有人生沉浮之慨，体现出一种高洁的情操、旷达的胸怀。

53 竹 石⁽¹⁾

清 郑板桥

咬定青山不放松⁽²⁾，立根原在破岩中。

千磨万击还坚劲⁽³⁾，任尔东西南北风⁽⁴⁾。

【作者简介】

郑板桥（1693—1765），原名郑燮（xiè），字克柔，号理庵，又号板桥，人称板桥先生，江苏兴化人，祖籍苏州。清朝官员、学者、书法家，"扬州八怪"之一。其诗、书、画均旷世独立，世称"三绝"，擅画兰、竹、石、松、菊等植物，其中画竹五十余年，成就最为突出。著有《板桥全集》。

【注释】

（1）《竹石》：是一首题画诗。

（2）咬定：比喻根扎得结实，像咬着不松口一样。

（3）磨：折磨。坚劲：坚定强劲。

（4）尔：那。这句意思说：随那东南西北风猛刮，也吹不倒它

【简析】

这是一首寓意深刻的题画诗。先写竹子扎根破岩中，基础牢固。

再写任凭各方来的风猛刮，竹石受到多大的磨折击打，它们仍然坚定强劲。作者在赞美竹石坚定顽强的精神中，隐寓了自己风骨的强劲。"千磨万击还坚劲，任尔东西南北风"，常被用来形容在斗争中的坚定立场和受到敌人打击决不动摇的品格。

54 已亥杂诗 其五

清 龚自珍

浩荡离愁白日斜⁽¹⁾，吟鞭东指即天涯⁽²⁾。

落红不是无情物⁽³⁾，化作春泥更护花⁽⁴⁾。

【作者简介】

龚自珍（1792—1841），字璱人，号定庵，仁和（今浙江杭州）人。清代著名的思想家、文学家和改良主义的先驱者。

【注释】

（1）浩荡：这里形容愁绪无边无际的样子。

（2）吟鞭：诗人自己的马鞭，这里吟鞭东指，指诗人所去的方向。天涯：天边，形容很远的地方。

（3）落红：落花。

（4）化作春泥：变成春天的泥土。

【简析】

此诗叙写作者辞官归乡时的离愁，并表示继续为国家社会效力。第一部分，诗人以天涯、日暮、落花写出一片浩荡的离愁，以落花自况，赋予自己的身世之感；第二部分以落花为过渡，从落花—春泥展开联想，把自己变革现实的热情和不甘寂寞消沉的意志移情落花，然后代落花立言，向春天宣誓，倾吐了深曲的旨意。至此，诗中的离愁已变成崇高的献身精神，天涯、日暮、落花，已和春泥孕育的未来高度融为一体。从而表达了自己对美好事物的追求和对春天的憧憬。

55 送 别

李叔同

长亭外⁽¹⁾，古道边，芳草碧连天。晚风拂柳笛声残，夕阳山外山。天之涯，地之角，知交半零落⁽²⁾。一觚浊酒尽余欢⁽³⁾，今宵别梦寒。

【作者简介】

李叔同（1880—1942），即弘一法师，我国著名的音乐家、教育家、书法家和戏剧活动家，是我国新文化运动的先驱、话剧奠基人，是将西方乐理传入中国的第一人，也是油画和广告画的先驱者之一。他集多种才学于一身，在众多领域造诣颇深。从日本留学归国后，曾担任教师、编辑等职，后剃度为僧，号弘一。

【注释】

（1）长亭：古时设在城外路旁的亭子，多供行人歇脚用，也是送行话别的地方。

（2）零落：这里指朋友离散。

（3）觚（gū）：古代青铜制的酒器，盛行于商代和西周初期，喇叭形口，细腰，高圈足。

【简析】

长亭饮酒、古道相送、折柳赠别、夕阳挥手、芳草离情，这些都是千百年来我国送别诗中常用的意象，作者信手拈来加以化用，营造出与众不同的伤别意境。第一节夕阳余晖中，依依送别，想象天涯海角，梦醒残月。第二节重章叠唱，与第一节前半部分相呼应，使离情别绪渐次浓郁和强烈。

重情重义是中华民族的传统美德，也正因此，我们才会格外看重亲情友情，并为不得已的离别而伤感、而不舍。然而，也许正是有了这种分分合合，才让人生之琼浆酿出多样的滋味。

56 沁园春·长沙

毛泽东

独立寒秋，湘江北去，橘子洲头⁽¹⁾。看万山红遍，层林尽染⁽²⁾；漫江碧透⁽³⁾，百舸争流⁽⁴⁾。鹰击长空，鱼翔浅底⁽⁵⁾，万类霜天竞自由。怅寥廓⁽⁶⁾，问苍茫大地，谁主沉浮⁽⁷⁾？

携来百侣曾游⁽⁸⁾，忆往昔峥嵘岁月稠⁽⁹⁾。恰同学少年⁽¹⁰⁾，风华正茂；书生意气，挥斥方遒⁽¹¹⁾。指点江山，激扬文字，粪土当年万户侯。曾记否，到中流击水⁽¹²⁾，浪遏飞舟⁽¹³⁾？

【作者简介】

毛泽东（1893—1976），字润之，湖南湘潭韶山冲（今属韶山市）人。当代最伟大的马克思列宁主义者，中国无产阶级革命家、政治家、军事家，是中国共产党、中国人民解放军和中华人民共和国的主要缔造者和领袖，毛泽东思想的主要创立者。

【注释】

（1）橘子洲：又名水陆洲，在长沙城西湘江中。

（2）层林尽染：山上一层层的树林经霜变红，都像染过一样。

（3）漫江：满江。

（4）舸（gě）：大船，这里泛指船只。

（5）浅底：清澈的水底。

（6）怅（chàng）寥廓（liáo kuò）：面对广阔的宇宙惆怅感慨。寥廓：广阔的宇宙。

（7）主：主宰。沉浮：此指事物盛衰、消长。

（8）百侣：很多的伴侣，此处指同学。

（9）峥嵘（zhēng róng）岁月稠：不平常的日子是很多的。峥嵘：山势高峻，比喻才气、品格等超越寻常。稠：多。

（10）同学少年：毛泽东于1913年至1918年就读于湖南第一师范学校。1918年毛泽东和蔡和森等组织新民学会，开始了他早期的政治活动。

（11）遒（qiú）：强劲有力。

（12）击水：这里指游泳。

（13）遏（è）：阻止。

【简析】

这首词作于1925年，当时革命运动正蓬勃发展。这年深秋，毛泽东去广州主持农民运动讲习所，在长沙停留，重游橘子洲，写下了这首词。该词借景抒情，表现了诗人以天下为己任，蔑视反动派，改造旧世界的战斗精神。这首词上片写的虽是寒秋景物，诗人的情感却是豪迈昂扬的。面对祖国的大好河山，青年毛泽东抒发了改天换地的壮志豪情，发出了"问苍茫大地，谁主沉浮"的慨叹，为"寒秋"景象注入了前所未有的情感。下片回忆了往昔的峥嵘岁月，表现了诗人和战友们为改造旧中国英勇无畏的革命精神和豪迈情怀。形象含蓄地给出了"谁主沉浮"的答案——主宰国家命运的，是以天下为己任、蔑视反动派统治者、敢于改造旧世界的青年革命者。

57　七律·长征

毛泽东

红军不怕远征难⁽¹⁾，万水千山只等闲⁽²⁾。

五岭逶迤腾细浪⁽³⁾，乌蒙磅礴走泥丸⁽⁴⁾。

金沙水拍云崖暖⁽⁵⁾，大渡桥横铁索寒⁽⁶⁾。

更喜岷山千里雪⁽⁷⁾，三军过后尽开颜⁽⁸⁾。

【作者简介】

同上。

【注释】

（1）难：艰难险阻。

（2）等闲：不怕困难，不可阻止。

（3）五岭：大庾岭，骑田岭，都庞岭，萌渚岭，越城岭，横亘在江西、湖南、两广之间。逶迤（wēi yí）：形容道路、山脉、河流等弯弯曲曲，连绵不断的样子。细浪：作者自释："把山比作'细浪'、'泥丸'，是'等闲'之意"。

（4）乌蒙：乌蒙山。泥丸：小泥球，整句意思说险峻的乌蒙山在红军战士的脚下，就像是一个小泥球一样。

（5）金沙：金沙江。云崖暖：是指浪花拍打悬崖峭壁，溅起阵阵雾水，在红军的眼中像是冒出的蒸汽一样。

（6）大渡桥：指四川省西部泸定县大渡河上的泸定桥。铁索：大渡河上泸定桥，它是用十三根铁索组成的桥。寒：影射敌人的冷酷与形势的严峻。

（7）岷（mín）山：中国西部大山，位于甘肃省西南、四川省北部。

（8）三军：作者自注："红军一方面军，二方面军，四方面军。"尽开颜：个个都笑逐颜开。

【简析】

1934年10月，中国工农红军为粉碎国民党反动派的围剿，也为了北上抗日，挽救民族危亡，从江西瑞金出发，开始了举世闻名的二万五千里长征。一路上，红军战士击溃了敌军无数次围追堵截，他们跋山涉水，翻过连绵起伏的五岭，突破了乌江天险，四渡赤水，越过乌蒙山，巧渡金沙江，飞夺泸定桥，爬雪山，过草地，最后翻过岷山，历经十一个省，于1936年10月到达陕北，总行程二万五千余里，是人类史上一个伟大的事件。这首诗写于1935年10月，当时毛泽东率领中央红军越过岷山，长征即将结束。回顾长征一年来所战胜的无数艰难险阻，他以满怀喜悦的战斗豪情写下此诗。

万里长征是人类历史上空前的伟大壮举，《七律·长征》是诗歌创作史上不朽的杰作。这首诗形象地概括了红军长征的战斗历程，热情洋溢地赞扬了中国工农红军不畏艰险，英勇顽强的革命英雄主义和革命乐观主义精神。

58　沁园春·雪[1]

毛泽东

北国风光[2]，千里冰封，万里雪飘。望长城内外，惟余莽莽[3]；大河上下[4]，顿失滔滔。山舞银蛇，原驰蜡象[5]，欲与天公试比高[6]。须晴日，看红装素裹[7]，分外妖娆。

江山如此多娇，引无数英雄竞折腰[8]。惜秦皇汉武，略输文采；唐宗宋祖，稍逊风骚[9]。一代天骄[10]，成吉思汗，只识弯弓射大雕。俱往矣[11]，数风流人物[12]，还看今朝。

【作者简介】

同上。

【注释】

（1）《沁园春·雪》：作于 1936 年 2 月。"沁园春"为词牌名，"雪"为词名。

（2）北国：特指我国的北方地区。

（3）余：剩下。此字一作"馀"，在刊出的书法作品中常写作"馀"。莽莽：无边无际。

（4）大河上下：代指整条黄河。大河：指黄河。

（5）山舞银蛇，原驰蜡象：群山好像（一条条）银蛇在舞动，高原（上的丘陵）好像（许多）白象在奔跑。原：指高原，即秦晋高原。蜡象：白色的象。

（6）天公：指天，即命运。

（7）红装素裹：形容雪后天晴，红日和白雪交相辉映的壮丽景色。红装：一作银装，原指妇女的艳装，这里指红日为大地披上了红装。素裹：原指妇女的淡装，这里指皑皑白雪覆盖着大地。

（8）竞折腰：争着为江山奔走操劳。折腰：倾倒，躬着腰侍候。

（9）风骚：本指《诗经》里的《国风》和《楚辞》里的《离骚》，这里指才华。

（10）一代天骄：指可以称雄一世的英雄人物，泛指非常著名、有才能的人物。天骄："天之骄子"的省略语。

（11）俱往矣：都已经过去了。俱：都。

（12）数：数得着、称得上。

【简析】

当时，毛泽东率领红军长征部队胜利到达陕北清涧县袁家沟时，适逢大雪。面对着雪花纷飞的壮丽河山，联系当时蓬勃发展的革命形势，毛泽东怀着革命必胜的坚定信念，写下了这首气势磅礴、雄浑豪放的诗篇。词中以咏雪起兴，赞美祖国的江山，评论祖国的历史，歌颂祖国的今天，憧憬祖国的未来。

毛泽东诗词是中国革命的史诗，是中华诗词海洋中的一朵奇葩。《沁园春·雪》更被南社盟主柳亚子盛赞为千古绝唱。读这首词都仿佛又回到了那个战火纷飞的年代，又看到了那个指点江山的伟人，不由地沉醉于那种豪放的风格、磅礴的气势、深远的意境、广阔的胸怀。这首词因雪而得、以雪冠名，却并非为雪所作，而是在借雪言志。是作者所思所想的真实流露和对许多重大问题给出的回答。其情感之真挚、寓意之深远、哲理之精辟，令人拍案叫绝。

59 无 题

周恩来

大江歌罢掉头东⁽¹⁾，邃密群科济世穷⁽²⁾。

面壁十年图破壁⁽³⁾，难酬蹈海亦英雄⁽⁴⁾。

【作者简介】

周恩来（1898 — 1976），字翔宇，伟大的马克思列宁主义者，中国无产阶级革命家、政治家、军事家、外交家，中国共产党、中华人民共和国和中国人民解放军的主要缔造者和领导人之一。自 1949 年起任中华人民共和国国务院总理，1949 年至 1958 年间兼任外交部部长。此诗作于 1917 年，作者赴日留学前夕，时年19 岁。

【注释】

（1）大江歌罢：宋代苏轼《念奴娇·赤壁怀古》"大江东去，浪淘尽，千古风流人物。"这里泛指气势豪迈的歌曲。掉头：有力地掉转身躯，表示决心很大。

（2）邃密：精深细密，这里是精研的意思。群科：辛亥革命前后曾称社会科学为群科，一说是各种科学。济世穷：挽救国家的危亡。

（3）面壁：面对墙壁坐着。《五灯会元》记载：达摩大师住在嵩山少林寺"面壁而坐",这里用来形容刻苦的钻研。破壁:《名画记》记载:南北朝著名画家张僧繇在金陵安乐寺,画了四条没有眼睛的龙。他说,如果点了眼睛,龙就要飞走。别人以为这话说得荒唐,他于是点了龙的眼睛,不一会雷电大作,轰毁了墙壁,巨龙乘云飞去。这里表示学成以后,象破壁而飞的巨龙一样,为祖国和人民做一番大事业。

(4)难酬蹈海亦英雄:即使理想无法实现,投海殉国也是英雄。蹈海:投海。这里借用了陈天华留学日本时,为了抗议反动当局无理驱逐中国留学生和唤起民众的觉醒,身投日本大森海湾殉难之事。

【简析】

周恩来于南开中学毕业,后又考入南开大学学习,但因领导学生运动无奈放弃在南开的学业东渡日本留学。所以,本诗是壮志难酬时慷慨之作。此时的周恩来,父母双亡,学业无成,在海外孤身一人,境遇可谓凄凉,可是周恩来没有沉沦,他对改变时局的渴望前所未有地强烈。"大江歌罢掉头东"起句气势雄伟,表达了周恩来负笈东渡寻求真理的决心。"邃密群科济世穷",说的是他到日本求学的目标。"面壁十年图破壁",借达摩面壁修禅的故事反映出诗人刻苦钻研欲达到的境界和追求。"难酬蹈海亦英雄",则表明他此次为了革命而放弃留学的豪气。诗中豪迈之气盎然,而激愤、迷茫亦在其中,这是周总理蜕变前的第一次内心的激烈交锋,值得细细体味。

60 青松

陈毅

大雪压青松，青松挺且直。
要知松高洁⁽¹⁾，待到雪化时。

【作者简介】

陈毅（1901—1972），字仲弘，四川省乐至人。久经考验的无产阶级革命家、军事家、外交家、中国人民解放军的创建者和领导者之一，中华人民共和国元帅，党和国家的卓越领导人。著作编为《陈毅诗稿》、《陈毅诗词选》、《陈毅军事文选》。

【注释】

（1）高洁：高尚纯洁。

【简析】

《青松》为其《冬夜杂咏》中的首篇。诗人借青松坚韧不拔、宁折不弯的刚直与豪迈，表现了共产党人不畏艰难、雄气勃发、愈挫弥坚的顽强精神。作者把松放在了一个严酷的环境中，但我们却从雪的暴虐下感受到了松的抗争。作者意在号召人们要像松一样勇于承受压迫，挺直不屈。